Dello stesso autore

nella collezione Oscar

I contemporanei del futuro
Il giocatore invisibile
La grande sera
L'isola volante
Nati due volte
Prima persona
Il raggio d'ombra
Vite di uomini non illustri

Giuseppe Pontiggia

LA MORTE IN BANCA

Un romanzo breve e sedici racconti

Postfazione di Mario Barenghi

OSCAR MONDADORI

I edizione Oscar scrittori del Novecento febbraio 2003

ISBN 88-04-51300-4

Questo volume è stato stampato
presso Mondadori Printing S.p.A.
Stabilimento NSM - Cles (TN)
Stampato in Italia. Printed in Italy

Ristampe:

2 3 4 5 6 7 8 9 10 11

2004 2005 2006 2007 2008

www.giuseppepontiggia.net

www.librimondadori.it

La morte in banca

Un romanzo breve e sedici racconti

Nota

Le prime due parti di questo volume, il romanzo breve *La morte in banca* e i cinque racconti iniziali, formavano l'opera *La morte in banca*, uscita nel 1959 nei *Quaderni del Verri* curati da Luciano Anceschi (Rusconi e Paolazzi Editori). Immutati nella struttura narrativa, sono stati ritoccati sul piano stilistico sia nella seconda edizione della *Morte in banca* (Mondadori, 1979), sia nella terza edizione (Mondadori, 1991).

La terza parte comprende sei racconti scritti tra il 1960 e il 1978. Pubblicati nella seconda edizione della *Morte in banca*, sono stati rivisti nell'edizione del 1991.

La quarta parte è costituita da cinque racconti più recenti, scritti tra il 1979 e il 1985.

PARTE PRIMA

La morte in banca

Uno

La porta di velluto si aprì improvvisamente e la voce del commesso pronunciò il nome di Carabba.

Carabba era seduto su un lungo divano, dove aveva posato i suoi documenti in uno strano ordine. Li raccolse affannosamente, si ravviò agitato i capelli e, cercando di darsi un contegno composto, entrò in un piccolo salotto rosso.

Dietro la scrivania il Segretario lo invitò cortesemente a sedere.

Carabba obbedì con grande misura nei gesti, mentre il cuore gli martellava in gola. Si rinfrancò quasi subito alle prime domande:

«Lei è il signor Carabba, vero? Quanti anni ha?»

«Diciassette anni.»

«E ha già il diploma di maturità classica?»

«Sì, è perché ho compiuto il salto della quinta classe elementare e della terza classe di liceo.»

Carabba cercava per l'occasione il linguaggio più corretto. Il Segretario tacque per un momento.

«Non ha persone a carico?»

«No. Avrei mia madre, che è vedova, ma prende già la pensione.»

Nuova pausa.

«Intende continuare gli studi?»

«Sì, vorrei iscrivermi all'università di lingue straniere.»

Pensava invece di iscriversi a lettere. Ma gli avevano consigliato, per la domanda di impiego in banca, di dire che studiava lingue, l'Ufficio del Personale ne avrebbe tenuto conto.

Infatti il Segretario si mostrò compiaciuto, assentì con il capo.

«E lei pensa, con gli studi che ha fatto, che il lavoro di banca potrà interessarle?»

Carabba mentì nuovamente. Aveva un amico, impiegato in banca, che diventava depresso quando accennava al suo lavoro: «Oh, penso di sì. Ho alcuni amici impiegati in banca, che sono molto soddisfatti».

Il Segretario si alzò dalla scrivania e gli tese la mano per accomiatarsi: «Restiamo intesi, signor Carabba. Non c'è nessun impegno da parte nostra. Se la sua domanda verrà presa in esame, la faremo chiamare nei giorni prossimi. Quanto ai documenti che lei vedo ha portato, non ci servono per ora. Forse più avanti».

Carabba cercava di imprimersi nella memoria queste parole, per riferirle con esattezza a sua madre. Ma il tono generale gli sembrava benevolo. Richiuse con reverenza la porta di velluto. Sentì alle spalle la solita voce del commesso appostato che pronunciava un nome. Un altro candidato si alzava di scatto, ravviandosi i capelli, ma lui ormai era sulle scale.

Scese di corsa, finché si trovò all'aria libera, respirò.

Più tardi, sulla piattaforma del tram, cominciò a riflettere. In fondo, non gli era stato promesso niente: la sua domanda doveva ancora essere accettata e lui era stato chiamato solo per fornire chiarimenti.

Questo pensiero lo turbò e lo rese come assente.

A mano a mano che si avvicinava a casa, sentiva ingiustificata quella specie di felicità, all'uscita dalla banca.

Che cosa avrebbe detto a sua madre? Del tono benevolo del Segretario? Carabba si rammaricava con se stesso.

Salì poi stanco le scale di casa, un immenso, grigio alveare di periferia, di cui loro occupavano tre stanze, all'ultimo piano. Sua madre lo accolse premurosa e non si scoraggiò alle risposte svagate. Ma siccome insisteva sui particolari, Carabba la interruppe brusco, dicendo che bisognava aspettare, che non si poteva prevedere niente, che bisognava non pensarci.

Ma come era possibile non pensarci, se un impiego era urgente e appunto per questo aveva abbreviato gli anni di liceo. In fondo, aveva sempre sperato in quella banca, dove poteva contare su un lievissimo appoggio. Ma ora tutto si prospettava così incerto, difficile. Nell'anticamera del Segretario del Personale aveva conosciuto altri giovani nella sua stessa condizione. E tutti speravano, e tutti ripetevano, corrugando la fronte, le identiche considerazioni.

Lo richiamarono, ma senza compromettersi.

Così per giorni e giorni.

Dopo un mese di anticamere, presentazioni, sondaggi, funzionari che si alzavano da una scrivania e lo invitavano a sedere, Carabba si sentì stanco. Aveva l'impressione di camminare in bilico. Nei colloqui era estremamente compito, controllato nel gesto, irreprensibile nel discorso, in cui talvolta introduceva però qualche nota spontanea, per renderlo più pittoresco e convincente: se ne compiaceva sorridendo tra sé, pensava che ogni inezia psicologica potesse facilitare il corso della sua pratica.

Dovette sostenere un piccolo esame di francese, dato che aveva ammesso di conoscerlo *discretamente*.

Nell'immenso brusio del Portafoglio Estero un impiegato gli porse una lettera da tradurre.

Carabba se la cavò abbastanza bene, aggrappandosi a ricordi scolastici ormai sbiaditi e lasciando tali e quali i termini che non sapeva tradurre: *plico*, *importo*, *merci*...

Quando finì, l'impiegato gli chiese, di sfuggita, se intendeva sostenere una conversazione in francese, del tutto facoltativa, però.

Carabba volle accettare; ma era inspiegabile, assurdo!

Si pentì all'istante.
Con occhio smarrito seguì l'impiegato che si muoveva tra le scrivanie, raggiungeva un uomo.
Eccoli confabulare, accennando a lui.
Ecco l'uomo guardarlo e precipitarsi sorridendo:
«*Parlez-vous français?*»
«*Oui, assez bien.*»
L'altro, compiaciuto della risposta, che per lui significava effettivamente qualcosa, lo incoraggiava con gli occhietti a continuare. Ma Carabba si sentiva finito, il seguito gli pareva inaffrontabile. L'altro replicò in francese, fece qualche domanda, ma Carabba rimaneva inerte.
L'uomo allora si rassettò, si ricompose e gli tenne un garbato discorso sulla opportunità di non pretendere conversazioni in una lingua che si conosce soltanto scolasticamente e forse neppure bene scolasticamente.
Carabba uscì costernato.

Due visite mediche e il nullaosta dell'ufficio di collocamento.
Un sabato mattina il Segretario gli disse:
«Si presenti qui lunedì, alle nove.»
Lo guardò. Concesse, con pause leggere:
«Lei si può ormai... considerare... assunto.»
Carabba ringraziò, si vedeva già a casa con la notizia.

Il pomeriggio, nella biblioteca comunale, non riuscì a concentrarsi e a leggere come avrebbe voluto. Lo distraeva il pensiero dell'impiego, a dire il vero lo turbava, lo lasciava sgomento: perché insomma lui stava per abbandonare una vita e doveva affrontarne un'altra, così diversa, così estranea alle sue aspirazioni. E qui, da solo, poteva anche permettersi di esitare, di avvertire i propri timori, la propria scontentezza.
L'euforia del mattino svaniva.
Se ne stupì.
Cercò allora di vedersi dal di fuori, oggettivamente, come fosse un altro. Chi era? Un ragazzo che sta per impiegarsi e

viene assalito da dubbi mentre legge nella cornice di una biblioteca.

Ripensò a quanto poteva avere creato quello stato d'animo: il silenzio, l'avvicinarsi della sera, il libro che aveva tra le mani e altri particolari che continuava a scoprire.

L'autoritratto finì per disturbarlo.

Bisognava riportare la situazione alla sua dimensione vera: la realtà era che lui aveva finalmente ottenuto l'impiego e al massimo poteva essere un poco *incerto* per la nuova vita che doveva affrontare.

Allora raccolse il libro soddisfatto e uscì a passi indifferenti dalla biblioteca.

Due

Il lunedì mattina, Carabba si presentò puntuale alle nove. Gli occhi gli brillavano, pensava che entro pochi minuti avrebbe iniziato il lavoro.

Invece cominciò con l'aspettare mezz'ora in anticamera, prima di essere ricevuto dal Segretario. Questi gli fece firmare alcuni fogli, che lui finse di leggere con attenzione, senza preoccuparsi minimamente di capire. Gli comunicò poi di ritornare in anticamera, in attesa di un altro colloquio con il Capo del Personale.

Passarono due ore.

Carabba si alzava dal divano, passeggiava fino a una porta a vetri e ritornava sul divano.

Quando passava qualcuno, assumeva una espressione pensierosa; in realtà non riusciva a fermare la sua attenzione su nessun punto preciso.

Gli ritornavano in mente le frasi del suo amico bancario:

«Non avere paura di sbagliare, che non ci sono conseguenze. Quei momenti di impaccio li hanno provati tutti. È un lavoro meccanico, da bambini...»

Più o meno l'amico chiudeva su questo tono di rassegnazione, ma Carabba, per tutta risposta, sorrideva, con il risultato di irritarlo.

Finalmente fu ricevuto.

Il Capo del Personale assunse questa volta un tono assorto.

Parlava, con voce pacata, dei doveri dell'impiegato di banca, delle esigenze dell'Istituto, dei mesi di prova, delle possibilità di carriera... Carabba udiva come un rumore di parole, che non cercava neanche di seguire.

Solo alla fine si rianimò, quando l'altro gli predisse, in modo esplicito, che nei primi tempi sarebbe rimasto deluso, visto poi che i suoi studi avevano un orientamento "tutt'altro che commerciale".

Carabba accennò timido a metterlo in dubbio, ma l'altro sorrise bonariamente:

«Per iniziare il lavoro torni pure nel pomeriggio.»

Quando rientra in casa, Carabba è accolto dal tono gaio di sua madre:

«Com'è andata?»

«Niente, comincio nel pomeriggio. Ho fatto ancora anticamera.»

Carabba fu assegnato al Portafoglio Incasso.

Si trattava di un lavoro semplice, però un poco gravoso, come gli andava illustrando il funzionario incaricato di accompagnarlo: «Del resto, servirà a farle le ossa!».

Stavano attraversando un ufficio spazioso, tra impiegati silenziosi e curvi sulle scrivanie. Ecco un corridoio con le vetrate grigie, poi una svolta e una scala: trepidante ed emozionato Carabba, nonostante le sue pretese di autocontrollo.

Il funzionario entrò in ufficio assordato dalle macchine calcolatrici:

«Ci siamo!»

Si fecero largo nel frastuono sino a raggiungere un gruppetto di persone intorno a un individuo altissimo, calvo, che stava scuotendo le braccia, gli occhi al cielo in segno di scoraggiamento.

Appena riconobbe il funzionario, distese il volto in un sorriso premuroso, che conservò durante le presentazioni dell'impiegato nuovo.

«Così giovane!»

«Perbacco!»

Quando però il funzionario si allontanò dopo le raccomandazioni rituali, il capufficio riprese l'aria affannata.

«Adesso, con tutto questo lavoro!»

Poi, rivolto al vice capufficio:

«Per oggi mettiamolo nello stanzino.»

Lo stanzino era una sorta di piccolo corridoio appartato e cieco, in cui si prolungava l'ufficio: poche scrivanie e una sola macchina calcolatrice tra le pareti dipinte di giallo.

Il capufficio disturbò con la voce i quattro o cinque impiegati che parevano tutti concentrati sul lavoro.

Un ometto grasso, che era stato chiamato, balzò dalla sua sedia e fu presentato a Carabba:

«Gli faccia fare qualcosa ai timbri. È il suo primo giorno di banca.»

L'ometto ammiccò con occhi sorridenti, il capufficio li lasciò tracciando un gesto paterno con il braccio, mentre Carabba seguiva il suo maestro fino a una scrivania sgombra.

L'altro trasportò un pacco di cambiali e, sollevando un grosso timbro, spiegò con aria poco convinta:

«È... un numeratore. Serve per numerare le cambiali progressivamente.»

E cominciò a timbrare su un foglio bianco:

26178 – 26179 – 26180

Concluse, guardandosi in giro:

«Tutto qui.»

Risatine.

Carabba si sedette, prese con una mano il timbro, con l'altra una cambiale.

«Timbri in un posto qualsiasi, basta che non sia sopra l'importo. Va bene, continui così. Quando ha terminato questo pacco, mi chiami.»

Carabba si impegnò a fondo. Cercava gli spazi bianchi, colpiva con violenza, ribatteva, ma purtroppo non sempre i numeri risultavano leggibili.

Intanto la presenza dell'impiegato nuovo aveva reso euforici gli altri dello stanzino. Ammiccavano tra loro al suo zelo, uno sospirò:

«Poveraccio, l'hanno destinato al bagno!»

E un altro, che portava lenti molto spesse, scosse la testa:

«Che tomba, la banca!»

Al passaggio di una collega accennarono commenti osceni, uno si spinse troppo in là e tutti, ridendo, sembrava che gorgogliassero.

Carabba aveva finito le sue cambiali. Lo annunciò all'ometto, che gliene portò altre con un nuovo timbro.

«Questi sono *pagherò* in cui l'ultimo giro...»

Si interruppe vedendo l'espressione interdetta di Carabba.

In realtà l'amico bancario gli aveva accennato un giorno ai *pagherò*, concludendo però, come l'ometto, che quello che conta non è la teoria, ma la pratica.

Carabba riprese con nuova lena. Il pomeriggio volgeva al termine, la pioggia scorreva sui vetri dell'unica finestra.

Si sentiva felice, si sentiva liberato da un peso enorme, tutte le preoccupazioni e le ansie per l'impiego stavano finendo tra le pareti di quello stanzino.

Si distrasse, come gli accadeva spesso.

Trovò così il modo di sbagliare, timbrando non prima, ma dopo l'ultima firma. Se ne accorse solo in fondo, arrossì, non lo disse in giro, si riconosceva del resto assolutamente "tardo" nell'afferrare le cose pratiche.

A un tratto sentì un riso sguaiato:

«E magari è un ragioniere: guarda dove l'hanno messo!»

Carabba disse che aveva la maturità classica.

L'interlocutore, un impiegato di passaggio, rimase un po' sconcertato, poi se ne andò imprecando contro l'Ufficio del Personale.

Nuovi pacchi si accumulavano, Carabba li finiva rapidamente. Il suo maestro gli strizzò l'occhio. Anche gli altri erano diventati più cordiali, gli chiesero dell'età, che li fece stupire rumorosamente. Un impiegato, il cui figlio frequentava il liceo, si informò dei suoi voti e trovò che erano buoni.

«Certo» esclamò Carabba. Ma quasi si stupiva della sua energia.

A sera si accesero le lampade. Una luce tenue sfumava i contorni e le macchine calcolatrici erano finalmente a riposo.

Carabba udiva un tramestio indistinto nell'ufficio grande, di cui intravvedeva soltanto uno scorcio.

Cessò di timbrare perché i muscoli gli dolevano.

«Per oggi basta» intervenne l'ometto.

Un altro approvò:

«Sì, basta.»

Poi, quasi di colpo, una fuga generale verso l'uscita, tra rumori di sedie.

«Ma che cosa succede?»

«Sono le sei. È finita. Lascia perdere i timbri, che nessuno te li ruba. È finita.»

Entrarono nell'ufficio grande, passando davanti al capo, che fece un cenno particolare a Carabba:

«Domani, alle nove.»

Una impiegata dall'espressione sonnolenta si volse:

«Lei è nuovo della banca?»

E poi, ancora più pigra:

«Questa è l'ora più bella.»

Si avviavano all'uscita, sulle scale si levava un vociare confuso e le luci erano violente.

Carabba si trovò presto sul marciapiede, era buio e aveva smesso di piovere, un impiegato dello stanzino lo superò battendogli una mano sulla spalla.

Una strana conversazione si svolse a casa, tra sua madre, che era come sempre intempestiva, e lui, che continuava a sorridere con lo sguardo assente.

«Ma insomma, in tutto il pomeriggio che lavoro hai fatto?»

«Timbrare, mamma, mettere-i-timbri-sulle-cambiali.»

«Allora hai visto le cambiali? Parla un po', racconta!»

Cambiali? Lui aveva timbrato spazi bianchi, non si ricordava neanche il formato di una cambiale.

Sua madre abbandonò l'aspetto tecnico.

«Descrivimi almeno l'ambiente, gli impiegati.»

Carabba abbozzò allora un ritratto del suo maestro, nello stanzino; gli altri non riusciva più a ricordarli, era stato troppo preso dal suo lavoro, dal suo comportamento.

Sua madre, delusa, lo lasciò solo in tinello.

Tre

L'ufficio è vuoto, Carabba passeggia tra le macchine calcolatrici. Dietro i vetri appannati, la pioggia batte con insistenza. Arriva un commesso infreddolito, riordina alcune carte, poi si siede e, appoggiata la testa al tavolo, si assopisce.

Carabba lo osserva con interesse e pensa di avere esagerato venendo in ufficio con tre quarti d'ora di anticipo.

Altri impiegati giunsero alla spicciolata.

Lo notavano subito, qualcuno gli rivolgeva domande e lui dava risposte sempre precise. Questo suo controllo nel parlare non gli impediva di rendersi conto dell'ambiente e degli individui con cui avrebbe dovuto convivere: nessun impiegato giovane era entrato fino allora; un vecchio sonnecchiava in fondo all'ufficio. Questi che gli accennava, sorridendo vagamente, alle illusioni proprie dei diciassette anni era curvo e fortemente miope. Aveva anche una strana anomalia, perché raggrinzava ogni tanto il naso, con una smorfia simile a quella dei conigli. Carabba era così colpito da quel movimento rapidissimo, che non riusciva a concentrarsi. L'altro però non se ne accorse e, terminato il suo discorso, gli strinse soddisfatto la spalla e si allontanò ciondoloni.

Una folla di impiegati invase poco più tardi l'ufficio.

Tante espressioni nuove scoraggiavano l'attenzione di Carabba.

Si salutavano, parlavano, una ragazza lo guardò con aria indifferente; si sentì un po' sollevato riconoscendo uno dello stanzino. E quando quello gli fece un cenno si precipitò.

«Hai firmato il foglio?»

«Che foglio?»

«Il foglio di presenza... Bisogna inseguire il commesso!»

Tirandolo per un braccio, si mise a correre attraverso l'ufficio, tra lo stupore degli altri. Il commesso era partito poco prima e riuscirono a raggiungerlo trafelati sulle scale.

«Deve firmare, è impiegato da un giorno e figurarsi se si son presi la briga di istruirlo!»

Il commesso fece un commento sarcastico sulla organizzazione della banca, estrasse il foglio dalla cartella, lo riprese e li lasciò ancora ansanti.

Mentre ripercorrevano le scale, il collega gli spiegò che chi non firmava il foglio veniva convocato all'Ufficio del Personale.

Rientrando, Carabba fu avvicinato subito dal capufficio, che gli annunciò il suo spostamento alle macchine addizionatrici. Mentre lo accompagnava, schivando tavoli e colonne, volle accennare alla "sostanza" del nuovo lavoro. Usò un termine, "anacronistico", che gli imbrogliò il discorso, allora si innervosì, e tagliando corto:

«Vedrà, è una cosa semplicissima. Adesso gliela spiegherà lui» e gli additò un giovane, seduto dietro a una macchina, che li stava osservando.

Carabba disse di sì e accostò la sedia al nuovo maestro.

Si trovavano accanto a una grande finestra, che dominava il panorama dei tetti. La pioggia continuava a cadere in una atmosfera grigia. Da quel punto si abbracciava con lo sguardo l'intero ufficio, diviso dalle colonne centrali e disseminato di scrivanie e di macchine allineate.

Poiché il lavoro era iniziato da alcuni minuti, si udiva un frastuono incessante.

Il suo maestro era un albino, timido e impiegato in banca da appena un mese. Carabba si sentiva a suo agio.

Dopo un breve preambolo, passarono allo studio della macchina: la cifra si formava schiacciando i tasti dei numeri, poi si toccava una levetta e la cifra veniva impressa, con un secco rumore, sulla carta, mentre i tasti rimbalzavano nella posizione iniziale. Tra le altre sommarie spiegazioni, Carabba imparò che sulla distinta in duplice copia, accanto agli importi delle cambiali, doveva battere anche quei numeri che aveva timbrato il giorno prima, nello stanzino. L'altro ridacchiò:

«Già timbrato? Già iniziato il lavoro di concetto?»

La teoria naufragò subito dopo nella pratica, Carabba si rivelava goffo e impacciato. Applicava la carta carbone alla rovescia, stracciava le distinte dopo averle inserite male nel carrello, schiacciava il tasto del totale invece del riporto e con un mugolio segnalava ogni volta al suo maestro i numeri che non aveva trascritto esattamente. L'altro sorrideva con pazienza, lo incoraggiò anzi dicendo che faceva come lui all'inizio.

Carabba conosceva però i propri difetti, si sapeva arruffone e confusionario, e immaginava inoltre che i suoi compagni lo stessero a guardare e si abbandonassero all'ilarità. Sudava.

Alla fine, dopo avere battuto, senza sbagliare, dieci numeri, trasse un grande sospiro e alzò la testa: due impiegate anziane, davanti a lui, stavano seguendo, intenerite, il suo lentissimo girovagare sui tasti.

Sorrise e loro gli chiesero dell'età, degli studi, della situazione familiare, dei progetti.

Quando si allontanarono, appagate, l'amico commentò con un cenno di ammirazione:

«La più piccola è bravissima a macchina. Ricorri pure al suo aiuto, se hai bisogno.»

Dopo mezz'ora, Carabba si ricordava di questo consiglio. Si alzava penosamente e si trascinava fino alla scrivania di lei.

Lei intuì subito, guardandolo, che aveva combinato un guaio.

«Ha bisogno di me? Ora vengo.»

Carabba era costernato, non tanto per la gravità dell'errore, quanto per il suo stupido insistervi: aveva battuto su una distinta tre colonne di importi e due colonne di numeri corrispondenti. Poi la macchina si era bloccata e lui, ignaro, aveva continuato a sovrapporre numeri uno sull'altro.

Quando poi se ne era accorto, era stato preso da un inesplicabile smarrimento. E, invece di risalire all'errore, aveva sbloccato la macchina e continuato accelerando, ansioso di arrivare alla fine: alla fine si era ritrovato con una cambiale in mano e con una trentina di spazi bianchi che, sulla carta, dovevano essere numerati.

L'impiegata, con mosse accomodanti, si sedette alla macchina: ricuperò le cambiali, aggiunse i numeri e con un sistema di frecce riordinò la distinta.

Ciò che lo colpì fu la sua straordinaria velocità sui tasti, la sua velocità "spaventosa", come la definì mentalmente.

Era in piedi e si asciugava il sudore. Era frastornato dal fragore delle macchine, dai colpi dei timbri, dagli squilli dei telefoni, dalle frasi incomprensibili.

Il resto della mattina fu un susseguirsi di ansie, di visi nuovi, di domande curiose o prevedibili, e sempre in quel frastuono.

Con i vicini di macchina scambiò le prime frasi, interloquirono anche altri, finché arrivò il capufficio: tutti tacquero, lui batté la mano sulla spalla dell'impiegato nuovo, informandosi del suo rendimento presso il maestro. Poi gli ribatté la mano sulla spalla. Carabba uscì dalla banca stordito ma fiducioso, e a casa fu più loquace della sera precedente.

Descrisse a sua madre, attentissima, l'aspetto dell'ufficio, le grandi finestre, lo spostamento alle addizionatrici, il nuovo maestro, le dimensioni della macchina con i tasti colorati e il suo sussulto quando si toccava la levetta.

Nei dettagli tecnici si rivelava invece evasivo e usava un linguaggio impreciso: diceva città invece di filiale e cifra o, peggio ancora, soldi invece di importo. Sua madre glielo fece notare, ma lui riportò il discorso sull'ambiente, era l'ambiente che lo colpiva, la mentalità, i tipi, che eccitavano la sua curiosità e lo facevano sorridere.

A sua madre descrisse il tipo di una impiegata, grigia e mesta, che gli aveva parlato al mattino: doveva essere delusa della vita, perché aveva cominciato a deplorare la sua condizione di ragazzo costretto a impiegarsi. Aveva poi continuato con quadri tristi della vita di banca, delle amarezze che lo attendevano, delle invidie dei colleghi, della durezza del capufficio (anche se era stato con lui piuttosto gentile).

Il ritorno in banca, alle tre meno un quarto, lo impressionò sgradevolmente.

Ritrovava l'ambiente descritto poco prima a sua madre, ma ora provava un senso di fastidio, avrebbe preferito non rivederlo così presto. Si distrasse, gli impiegati si riversavano in ufficio, alcuni rumorosi, altri annoiati, altri abbattuti.

Si accodò al suo maestro, che gli sembrava sempre più il suo contrario, attento, serio sul lavoro, ma senza alcun entusiasmo. Anche l'altro pareva notasse la differenza, tanto che a metà pomeriggio gli chiarì di avere ormai perduto la mentalità dello studente. Aggiunse che quello era il suo terzo impiego e che al primo si comportava anche lui come Carabba, così spaesato e però ottimista e senza prevenzioni.

«Dopo si cambia» sospirò.

Carabba sorrise.

Gli rispose:

«D'accordo, vedremo. Intanto guarda, ho schiacciato il totale fuori del margine e non si riesce neanche a leggerlo.»

«Rifa' la distinta.»

Le stesse frasi se le sentì ripetere dopo le sei, ma in un tono più astioso e più maligno.

Lo fermarono, per chiacchierare, due colleghi giovani, che lui vedeva per la prima volta.

Gli domandarono dei suoi studi.

Lui si dilungava sul salto, sui bei voti, ma uno di loro lo interruppe:

«Già, tutto bello, ma adesso sei come noi, sei finito male.»

«Oh, lo so benissimo.»

Gli chiesero dei suoi progetti, se aveva speranze di carriera.

Carabba rispose evasivamente: per ora studiava lingue, in seguito avrebbe scelto tra una buona posizione in banca, con la laurea, oppure un'altra sistemazione fuori.

Taceva, come sempre, delle sue aspirazioni segrete, per una sorta di saggezza pratica che gli veniva in presenza d'altri: questa volta però gli altri non la apprezzarono, anzi uno, che aveva l'espressione sempre ilare, si mise a ridere:

«Carriera in banca? Se conosci le lingue, ti mandano a timbrare al Portafoglio Estero... E poi? Ormai basta, è inutile che ti fai illusioni, sei un *travet* come noi. Capisci? Un *travet* come noi. Lo sai che cosa vuol dire *travet*?»

Carabba reagì, la laurea valeva anche in banca, tempo al tempo.

Loro insistevano sul *travet*, lui esclamò:

«Sì, va bene. Va bene. Sarò anch'io un *travet*.»

La scena, come la ripeté a sua madre, si colorì notevolmente, specie per quanto riguardava il tono sarcastico di quei due "falliti".

Carabba concluse che non tutto si presentava tanto semplice e che bisognava lottare.

Oppure non badarci.

Ma effettivamente andò a letto amareggiato.

Quattro

I primi giorni furono pieni di trasalimenti, di panico, di sudori improvvisi.

Nel lavoro cominciava a rendersi conto dei propri ritardi impressionanti. I pacchi delle cambiali riservate a lui dovevano partire alle cinque: per quell'ora gliene restava, invece, ancora un terzo. E tutti avevano una fretta febbrile, il suo amico legava i propri pacchi, il capo girava roteando gli occhi.

Per fortuna Carabba, solo e con la sua aria smarrita, stimolava l'istinto materno nelle più anziane dell'ufficio.

Le salvatrici accorrevano, gli rubavano grossi pacchi di cambiali.

«Portateli via, quei pacchi!»

Le vedeva poi in prospettiva, nei vani delle finestre, battere con furiosa velocità e terminare entro pochi minuti.

Il confronto era umiliante, ma intanto, prima della chiusura, i pacchi partivano.

Queste tensioni avevano ripercussioni sul suo fisico: usciva la sera piuttosto spossato e con un dolore, anzi con uno strano calore nella schiena, provocato dallo stare curvo a lungo sulla macchina.

Si sentiva però felice, di una felicità intensa.

In tram, le case fuggivano al finestrino e lui sospirava tra sé, di sollievo, che adesso era finita, era un impiegato come gli altri, era a posto.

Enumerava mentalmente i vantaggi della banca, come se stesse conversando: e una volta si sorprese mentre gesticolava da solo, in una maniera compiaciuta.
L'idea di restare in banca non lo avrebbe adesso turbato. Era diventato conciliante, dopo i giorni di ansia.

Al venerdì, spostarono il suo maestro in agenzia.
Carabba, nonostante le paure, non ne subì conseguenze.
Il lavoro cominciava ad acquistare un senso. Non riusciva, certo, ad afferrarne la teoria; dopo quattro giorni sarebbe stato difficile, specie con la sua ignoranza in materie simili. Ma si muoveva finalmente con una certa disinvoltura, sapeva la successione dei compiti e a quali persone rivolgersi nei vari casi.
Il lavoro lo stancava perché era troppo assillante. Però su questo ritmo procedeva l'intero ufficio, *la galera*, *la Caienna* (ognuno arricchiva il repertorio).

Gli appariva invece sempre strana la vita d'ufficio, gli impiegati, quel piccolo universo a cui si sentiva ancora estraneo. Trovava curioso il loro modo di esprimersi, di rincuorarlo o di scoraggiarlo bonariamente, i loro ricordi di scuola, gli scherzi, i comportamenti. A casa descriveva a sua madre i vari tipi; ad esempio quello compassato, dal linguaggio prezioso, che al telefono ricorreva a espressioni così forbite e cerimoniose, che i suoi colleghi non potevano più reggere e gli facevano il verso miagolando. Per contrasto, il suo vicino rispondeva «Pronto?» con un timbro tale di basso, che l'interlocutore, ogni volta, esitava qualche secondo, nel timore di avere sbagliato numero.
E poi un ragioniere, piccolo e impettito, che, a causa della statura e del suo muoversi a scatti, era diventato lo zimbello dell'ufficio.
Carabba abituò sua madre a distinguere il *tipo lamentoso*, che si guarda intorno sospirando e si professa *travet* in ogni occasione, dal *tipo che lavora freneticamente*, senza sollevare la testa e mettendo addirittura in ridicolo il bilancio giornaliero dei suoi colleghi.

Bastava che lui le dicesse:
«Sai, quel tipo che è malvisto... quello che lavora troppo...» perché lei facesse subito un sorriso di consenso e si mostrasse pronta per nuovi particolari.

Ma, in banca, erano le sue domande sul lavoro a mettere di buon umore gli altri. Ridevano anche che lui controllasse i numeri appena battuti, nel timore che la macchina sbagliasse, come gli avevano insinuato.

In assenza del capo, gli facevano uno scherzo.

A un segnale convenuto, tutti cessavano di battere.

Nel silenzio improvviso in cui piombava l'ufficio, si udiva soltanto il sussulto della sua macchina. Poi un lungo intervallo e ancora una scossettina penosa: Carabba era talmente intento, che neanche se ne accorgeva e continuava a battere in quel silenzio stranissimo.

Cinque

Un tiepido sole filtrò, la mattina del sabato, tra le persiane, a illuminare la stanza.

Carabba, a letto, indugiava.

Il foglio di presenza, quando lui arrivò in banca, era già sparito. Non ebbe tempo di preoccuparsene, sentiva urlare in fondo all'ufficio. Circondato dagli altri, vi trovò un suo collega pallidissimo, che si agitava, gemeva, gridava che quello era un ufficio di ladri e che lui doveva saperlo, poi riprendeva a gemere, accasciandosi.

Informarono Carabba: il povero figliolo aveva lasciato un anello prezioso nel cassetto della sua scrivania, ve l'aveva anzi dimenticato con la custodia. Questa mattina, scomparso.

Nessuno l'aveva mai visto, ma ognuno ne aumentava a turno il valore.

Intanto il tempo di lavoro passava, si interrogavano i commessi, il capufficio parlava concitato al telefono.

Inatteso, arrivò il Capo del Personale: tutti si scostarono, lui si avvicinò all'impiegato; fece qualche domanda, cercò, signorilmente, di calmarlo. L'altro si lamentava, la presenza del superiore aumentava la sua eccitazione.

Il Capo del Personale si rivolse, per schiarimenti, ai vicini, che usarono il loro linguaggio più scelto.

La vittima adesso ricominciava contro quell'"ufficio di ladri", Carabba si schiarì la voce:

«Be', il ladro è uno solo» (ma la precisazione lasciò freddi tutti).

D'improvviso, la notizia: un commesso, giunto allora, stava dicendo di avere trovato la sera prima l'anello nel cassetto semiaperto della scrivania e di averlo rinchiuso, per precauzione, in una cassetta di sicurezza. Ecco infatti la cassetta, con l'anello.

A questo punto il Capo del Personale uscì dignitosamente, già troppo seccato da quella confusione promiscua. Gli impiegati, delusi e improvvisamente sensibili al "ladri!", cominciavano a svalutare l'anello e a denigrare il proprietario, che cercava di riottenere la solidarietà di prima, ma senza riuscirci.

Per fortuna Carabba sollevò poco dopo gli umori, raccontando che all'Ufficio del Personale aveva trovato gentilissimi gli impiegati, così che si era permesso di scrivere, quale motivo del ritardo, "sonnolenza".

Il primo pomeriggio libero lo passò a scuola.

Finite le risate e l'entusiasmo, eccolo chiacchierare in corridoio con un gruppo di compagni:

«Il lavoro è semplice, è una sciocchezza. Io ritiro alla mattina il mio pacco di cambiali e per sera devo avere battuto importi e numeri. Ah, dimenticavo, bisogna anche bilanciare il lavoro di un altro impiegato.»

Confusionario come al solito, gli altri, pur non capendo, assentivano; allora, soddisfatto, poté finalmente diffondersi sull'"ambiente" e sui "tipi".

Quando risalgono in classe, dopo l'ora di ginnastica, Carabba si sdraia accaldato in un banco della fila di centro.

Il professore forse lo ha notato, entrando, ma non mostra di accorgersene, apre il registro, segna gli assenti e comunica l'esito del primo compito:

«Nessuna sufficienza.»

Osserva l'effetto.

Scandisce:

«Non-c'è-stata-una-sufficienza. Negligenza totale della mia materia, questa estate.»

Poi attacca:

«Ma come è possibile tradurre...»
e via di questo passo.

Sono i soliti toni esagerati che mettono in euforia la classe.

Uno si alza, invocando:

«Ma veramente, professore...»
e gli altri lo sommergono di risate.

La gazzarra si calmò, ma i compagni non sapevano rassegnarsi.

Bisbigliavano a Carabba di fare baccano, lui che poteva, lui che si era "liberato della scuola".

Carabba si limitava a sorridere: la sua posizione, adesso, era diversa, lui era ormai fuori, lavorava. Ma pensare alla banca gli diede, in quel momento, una sensazione strana, come di malessere.

Ne parlò, tuttavia, per un buon tratto, quando, a lezione finita, il professore volle che lo accompagnasse fino all'autobus.

Faceva freddo, l'asfalto era lucido della pioggia caduta poco prima. Carabba si alzò il bavero del cappotto:

«Il lavoro è semplice, è una sciocchezza. Bisogna stare a macchina tutto il giorno, per battere importi e numeri delle cambiali. Costa un po' di fatica, ma d'altra parte...»

Il professore lo guardava sorridendo, ne aveva stima come studente, pareva stentasse a immaginarselo in un ufficio.

«Così che tutto il tuo lavoro si riduce a copiare numeri?»

«Appunto, dalla mattina alla sera: 26.000, 30.000, 4.115, 57.000, non ho in mente che cifre, anche la vista e il cervello si abituano alle cifre.»

Il professore rideva, scosse la testa:

«È un lavoro in serie. Tu lì dentro» lo guardò in faccia «sei un granellino di sabbia.»

Carabba ammise, non del tutto contento. Ma l'altro ripeté compiaciuto:

«Certo, tu sei come un granellino di sabbia.»

Poco dopo si lasciarono e il granellino di sabbia si allontanò nell'oscurità.

Sei

Quella parentesi scolastica non si chiuse senza conseguenze. Al lunedì Carabba, trovandosi a disagio per il lavoro e ripetendo per di più spiacevoli distrazioni, che gli attirarono anche i rimbrotti del caporeparto, decise che quella non era affatto la sua vita. E anzi, non capiva come avesse potuto, la settimana prima, pensare a una qualsiasi conciliazione. Forse perché gli mancavano le ultime esperienze.

Lui si era impiegato per necessità pratica.

Ma questo non significava niente.

Poteva avere benissimo un'altra vita, studiare nelle ore libere, leggere, scrivere. A scuola si era sentito nel suo vero ambiente, nell'*unico ambiente* che faceva per lui, il professore e gli amici lo trattavano come prima. E perché non doveva essere così? Perché aveva esitato, il sabato, a tornare a scuola?

"Idiota" pensò in fretta, per scongiurare il ricordo.

L'idea della doppia vita lo conquistò subito.

Al lunedì sera, benché intirizzito dal freddo, eccolo seduto a leggere, nella piccola sala della biblioteca comunale.

Prese in questo modo a evadere ogni sera, benché talvolta non ne avesse l'entusiasmo. Ma quando, il giorno dopo, in ufficio, lo assaliva il panico di non fare a tempo e intorno le macchine levavano un fragore continuo, si rifugiava disperatamente nel pensiero di quella quiete. Usciva infine, alle sei, svuotato di energia, ma ripetendo tra sé che doveva essere nelle identiche condizioni del mattino.

Una sera il capufficio, mancava mezz'ora alla chiusura, lo chiamò alla sua scrivania:

«È arrivata questa distinta di effetti, bisognerebbe controllarla subito, prima di domani mattina. Lei ha già acquistato pratica, vero? Stia attento soprattutto a lasciarli nel loro ordine» e senza aspettare risposta gli affidò una enorme pila di cambiali, legate con elastici. Carabba non seppe reagire, eppure erano troppe per lui!

Mentre si trascinava alla macchina, sollevò la sedia sopra la propria testa e la mandò a urtare nel filo elettrico che collegava due grandi lampade. Queste ondeggiarono paurosamente e nell'ufficio si alzarono urla. Il capo picchiò un pugno sulla scrivania.

Carabba, annaspando, riuscì finalmente a sedersi, ma nello slegare le cambiali, ancora emozionato, le lasciò dilagare sul tavolo. Era il disastro... Se la sua somma non coincideva con quella della distinta, non poteva più trovare la differenza spuntando effetto per effetto: l'ordine delle cambiali era sconvolto.

"Devo sommare esattamente, perfettamente" si sforzò di pensare con lucidità. "I totali corrisponderanno e non ci sarà da spuntare."

Si scosse, schiacciò i primi numeri.

Procedeva cautamente, gettando una occhiata anche alla striscia di carta, che a poco a poco si allungava, invadeva il tavolo.

A metà striscia era già sudato.

Ecco finalmente le ultime cambiali, l'ultima; schiaccia, chiudendo gli occhi, il totale:

20.827.661

Svolge la distinta:

18.531.868

«Corrisponde?» gli gridò il capufficio.

E poi:
«Venga qui! Coraggio! Venga qui che spuntiamo.»
La sua scrivania era rischiarata da una luce rossa.
Carabba accostò una sedia e il capufficio sbirciò i due totali:
«È una differenza forte, meglio così, spuntando si troverà subito. Legga pure.»
Carabba inghiottì:

27.000
2.000
150.000
5.121
9.000
5.431
7.300
100.000
10.000
6.327
9.000
5.532
6.155
5.200
10.000
5.426
5.000

«Un momento! Dopo 10.000, che numero ha detto?»
Carabba ripeté:
«5.426.»
«Ma qui c'è 4.800. Mi dia la striscia.»
Carabba gliela consegnò affranto.
Il capo invece, dopo qualche attimo di perplessità, disse:
«Niente paura, erano due effetti fuori posto. Continui.»

22.000
51.212
5.000
7.845
5.000
17.330
6.050

«Alt! Alt! Che numeri ha detto? Ripeta gli ultimi, per favore.»

Era la volta decisiva.

Ogni ordine, scomparso. Nessun legame.

«Ma lei ha mischiato gli effetti?» gridò il capufficio.

Carabba mormorò:

«Sì, mi pare.»

«Ah perdio...! Non doveva farmela! Centinaia di effetti...» appoggiò la fronte al palmo della mano. «Non riesco a capire... Non doveva farmela...!» ripeteva.

«Vediamo...» sembrò rianimarsi. «Vediamo questo numero, uno solo, 15.000, dove è finito sulla sua striscia.»

Forse fu per la fretta, o l'emozione, ma il capufficio sotto gli occhi ansiosi di Carabba non riuscì a pescare sulla striscia nemmeno quel 15.000.

«Basta!» esclamò. «Basta! Farò io! Vada pure!»

Carabba, più che uscire, si precipitò fuori, disperato.

Il colmo fu che sua madre, saputo del capufficio, domandò:

«Chi? Quello buono?»

In realtà sua madre si atteneva scrupolosamente ai "tipi" che lui le aveva descritto: il capufficio era "quello buono" per distinguerlo dal vice capufficio, che gli aveva fatto un giorno una osservazione sgradevole.

E lei naturalmente non prevedeva cambiamenti, inoltre non ricordava i nomi; tutte le volte che suo figlio citava un collega, interloquiva chiedendo se era quel tipo... eccetera eccetera.

Spesso faceva confusione tra i vari "tipi" e Carabba si irritava doppiamente.

Perché adesso i colleghi lui li conosceva per nome ed entrato con loro in una certa confidenza si era accorto di avere spesso esagerato e in alcuni casi di avere sbagliato il giudizio.

Ma sua madre, ferma al "periodo dei tipi", glielo ricordava di continuo.

La sua decisione successiva, di tacere in casa, ebbe però una breve durata.

Non poteva trattenersi dal parlare, dal raccontare le sue giornate in ufficio. E ogni giornata lo sorprendeva, lo stupiva.

Alcune cose l'avevano colpito fin dalla prima volta e ancora adesso non lo lasciavano indifferente: le volgarità, ad esempio, le continue battute oscene dei suoi colleghi erano le stesse che si dicevano a scuola; ma qui stavano diminuendo la sua fiducia in un vago ideale di ritegno, che gli era sembrato finora una conquista dell'età matura.

Le sere, in banca, erano tranquille.

Carabba riusciva a "chiudere" per le cinque e mezzo e gli ultimi momenti li passava di solito alla sua scrivania, con l'intento apparente di mettere ordine nelle proprie carte: glielo avevano consigliato i suoi colleghi (la seconda sera aveva domandato se doveva chiedere lavoro al capufficio).

La scrivania chiudeva il vano di una finestra.

Alle sue spalle impacchettavano le cambiali, i rumori si alzavano radi, tutto l'ufficio sembrava immerso in una atmosfera riposante.

Carabba distraeva la sua stanchezza guardando fuori dai vetri il panorama della città, al tramonto.

Il cielo diveniva terso e spazioso e la luce dell'orizzonte colorava le nuvole: le tinte splendevano accese, variavano smorzandosi lentamente, fino a restare fredde sopra il bruno dei tetti.

Ma questi incanti bastavano a ripagarlo, gli vivificavano le sensazioni della giornata.

Altre volte, con un colpetto sulla spalla:

«Signor Carabba, se ha terminato il suo lavoro, aiuti a imbucare gli effetti.»

Questa operazione aveva luogo davanti a un enorme casellario, con pochi impiegati che trafficavano senza nessun profitto: appena il capo lasciava il cerchio di luce della loro lampada, riprendevano la conversazione interrotta. Carabba ascoltava con curiosità, senza intervenire, perché gli spiaceva che accogliessero ogni sua frase come il simbolo di una età “felice” e “perduta”. Del resto lo preferiva, il distacco che scopriva tra la sua e la loro mentalità era accentuato dalle sue evasioni serali, così che quei conciliaboli sotto la lampada finivano per apparirgli in una luce grottesca.

“È incredibile” sorrideva tra sé. “Assurdo...”

Un suo collega, strabico, stava spiegando che uso avrebbe fatto di una ricchezza ipotetica (e naturalmente immensa); due cose: il denaro in banca per la rendita (risatine dell’uditorio) e un harem di donne di ogni razza, delle quali avrebbe cercato di “garantirsi” anche la gratitudine con doni e mance. Ma il suo ostentato cinismo sul sentimento nelle donne provocava lo sguardo ironico dell’unica collega presente.

Ogni tanto, per sapere il capoluogo di qualche “piazza” sconosciuta, si ricorreva alla esperienza del caporeparto: quello pronunciava subito il nome esatto, poi si sporgeva dalla scrivania, sorridendo evasivamente e assaporando l’effetto della sua prontezza.

Sette

Dopo tre settimane Carabba ha imparato a distinguere, nella piccola folla che sale a ogni fermata del tram, gli impiegati di banca. E non solo della sua, ma anche di altre, sono sempre le stesse facce. Esteriormente non presentano segni particolari, per ora si accontenta di questa constatazione. Alcuni hanno il viso assorto e intellettuale, fissano per un attimo con occhio penetrante, poi si voltano altrove, indifferenti.

Carabba rimane perplesso.

Capita però che un collega, nella ressa sulla piattaforma, gliene presenti uno:

«Impiegato di banca anche lei?»

«Anche lei?»

Allora si sorride, anzi si ride, quasi che l'identità della condizione renda superflua ogni ulteriore riserva.

«Anche lei impiegato di banca?»

«Anche lei?»

Si ride.

Carabba attraversava un periodo di euforia.

Forse aveva raggiunto l'equilibrio, dopo le prime settimane di ansia.

In ufficio il lavoro lo assillava meno. E continuava a leggere, la sera, nell'aula accogliente, calda, della biblioteca comunale, sotto le luci diafane del soffitto, come gli oblò di un acquario.

Ricevette il primo stipendio.

Tutti i colleghi vicini avevano pronosticato l'importo, inferiore a quello che lui osava aspettarsi.

L'impiegata che gli portò la busta volle fermarsi davanti alla sua macchina, per osservare le reazioni.

Chiamò un'amica, spiegandole commossa:

«Il primo stipendio... così giovane!»

Carabba aprì la busta. Il totale gli dava ragione.

Lo annunciò trionfante.

Seguì un momento di silenzio.

«Saranno aumentati i minimi» commentò, asciutto, un presente.

Carabba era completamente felice.

La sua prima osservazione, a casa, fu che quei soldi venivano "dal di fuori". Fece poi a sua madre un confuso discorso per dimostrarle che la banca era in perdita nei suoi confronti: infatti la prima settimana l'avevano aiutato il maestro e soprattutto le colleghe, la seconda settimana le colleghe, la terza settimana aveva fatto a meno di loro, ma rimaneva la passività dei quindici giorni iniziali.

Sua madre non parve convinta:

«Tu lavori e ti pagano e basta! Che sciocchezze dici?»

Proprio in quei giorni, all'uscita, trovò ad aspettarlo l'amico bancario.

Era in ferie, parlava con la solita aria noncurante. Quest'aria l'aveva sempre infastidito, gli faceva dare risposte frettolose, per apparire deciso e al sicuro da quella specie di scetticismo che indovinava nell'altro.

«Come ti trovi?»

«Benissimo. Certo non è il mio lavoro, ma, se uno vuole, può riuscire a evadere. Il primo giorno m'hanno messo a timbrare, al Portafoglio Incasso, poi mi hanno spostato alle addizionatrici.»

L'amico, sorridendo, non mancò di dirgli che avevano fatto così anche con lui.

«In ogni caso» riprese Carabba, stringendosi nelle spalle «non è che io conti sulla banca, viva soltanto della banca.»

Cominciò allora a spiegargli della doppia vita, del tempo

libero, dopo le sei, quando uno, se vuole, torna come prima eccetera eccetera.

Irritato dai sorrisi di lui, trovò che l'ambiente poteva anche riuscire divertente, con i suoi personaggi tipici e le immancabili scenette, sempre che uno non ne faccia il centro della propria esistenza.

Erano fermi nella piazza.

Il discorso si esaurì progressivamente.

Tacevano da poco, sbucò dalla nebbia un tram, che Carabba si affrettò a prendere.

L'amico lo salutò allegro.

Come sempre dopo simili incontri, Carabba, per superare la tensione, cercò di dimostrare a se stesso che lo scetticismo dell'amico era falso: e ci riuscì prima che il tram arrivasse alla sua fermata.

I giorni seguenti non lo delusero, gli riservarono anzi la soddisfazione di fare da maestro a un impiegato nuovo. *La cavia* (la parola arrivò all'orecchio di Carabba, sussurrata tra i colleghi appena scorsero il capufficio che glielo presentava), *la cavia* era un giovane occhialuto e curvo di spalle. Mentre parlava, i denti gli sporgevano dalla bocca come a un cavallo.

Non aveva un comportamento simpatico, ostentava troppa sicurezza.

Contraccambiò subito il *tu* con cui Carabba l'aveva affrontato; veramente Carabba avrebbe preferito essere lui a dargliene il permesso: così aveva fatto il *suo* maestro, ma l'impiegato nuovo sembrava ignorare tali gerarchie sottintese.

Infatti, poco dopo, non esitò a stupirsi, con Carabba, per il disordine della sua scrivania. Gli mise a posto i cassetti, poi volle che gli indicasse in quali armadi si trovavano i blocchi, la carta carbone, le fascette, la cucitrice, le schede.

Anche alla macchina, dove Carabba sperava di rifarsi, si

mostrò, quasi subito, preciso e sicuro. Pregò il suo maestro di non confonderlo con dettagli arruffati.

«Calma!» rise, scoprendo i denti da cavallo. «Una cosa per volta e imparerò anch'io.»

Carabba provava la sensazione penosa che le parti stessero per invertirsi. Per quel giorno e per i successivi adottò allora la tattica opposta. Cominciò a eludere le domande dell'allievo, a imporgli le mansioni più insignificanti e a dargli una visione parzialissima del lavoro, rimandando al futuro spiegazioni più chiare.

Così riuscì anche se solo in parte a fronteggiarlo. E infine ne trasse le prime soddisfazioni: l'allievo divenne più umile e, pur di ottenere schiarimenti, si assoggettò a stare in secondo piano e a riconoscergli competenza.

La sua passione era Economia.

Confessò che vegliava fino a notte tarda, per tenere la contabilità di ditte immaginarie e registrarne le partite del dare e dell'avere su libri mastri, con dati fittizi forniti da un Istituto.

Carabba, ricordando come lo avevano deriso al suo secondo giorno di banca, gli chiese se contava sulla carriera.

«Ma certo! Questo non è che il primo gradino.»

Di nuovo Carabba non seppe imporsi: non seppe ridere, come avevano fatto con lui quei due colleghi, che poi tra l'altro erano diventati suoi amici.

Si consolò però vedendoli anche loro un po' perplessi, nonostante la baldanza, di fronte alla serietà dell'impiegato nuovo.

Pur non escludendo sorprese, Carabba immaginò un proprio *bilancio* completamente positivo: al suo attivo già un mese di banca, le settimane di assestamento, il primo stipendio, l'insegnamento a un impiegato nuovo. Era alla pari degli altri; inoltre riusciva a sdoppiarsi, a equilibrare ufficio e letture, a fare una scissione.

"Il ciclo è chiuso" sorrise tra sé.

Ma l'ora dopo gli annunciarono che cambiava ufficio, entro due giorni.

Passava allo Sconto. Il suo capo glielo descrisse come una cantina, una cripta.

Otto

L'ufficio nuovo era stranissimo.

Piccolo, privo di finestre, con le pareti foderate di cassetti di ferro.

Di ferro anche un ballatoio che girava all'interno e sul quale stavano appollaiati i *verbalisti*, a contatto con la vetrata grigia e sporca del soffitto.

L'aria era secca, si impregnava subito di fumo.

Non esisteva, durante il giorno, alcuna aerazione sensibile, data la scarsa efficienza dei ventilatori e delle bocchette. Soltanto di notte si lasciava entrare la nebbia da speciali aperture, a raffreddare i primi arrivati del mattino dopo.

Carabba fu orientato in queste constatazioni dai commenti negativi che sfuggivano al suo nuovo maestro.

Le presentazioni erano state semplici.

Il capufficio aveva i capelli bianchi, la mano destra coperta da un guanto nero e un'aria piuttosto stanca.

Gli disse qualche frase d'incoraggiamento, prima di affidarlo all'impiegato.

Tutto appariva più normale e più calmo che nel primo ufficio.

Non c'era l'assillo del tempo, il suo maestro almeno non sembrava preoccuparsene: procedeva ordinatamente e gli dettava appunti, ricorrendo qualche volta al dialetto, in una sua maniera pittoresca.

Carabba non afferrava molto né capiva il senso generale del lavoro: l'unico suo conforto erano le settimane a disposizione, parecchie, lo rassicurava il suo maestro.

Nel corso della mattina l'ufficio rimase ovattato in una atmosfera quieta.

Ci si alzava soltanto per estrarre le pratiche dai cassetti di ferro. Oppure per battere le somme a una piccola addizionatrice, una miniatura rispetto a quelle massicce e rumorose del Portafoglio.

Notò anche che lo guardavano, di tanto in tanto, dalle scrivanie laterali. Ma nessuno si avvicinò per fargli domande, tranne una impiegata che gli chiese se era nuovo della banca.

«È già stato al Portafoglio? Ma quanti anni ha?»

«Diciassette» rispose Carabba.

Sorrideva; ormai si era abituato, dopo un mese di banca, a considerare la propria età come qualcosa di inaudito.

Infatti lei ammutolì: «Diciassette anni?».

Si portò la mano alla bocca semiaperta:

«Diciassette anni!»

Subito la notizia si sparse e tornarono a guardarlo dalle scrivanie e anche sopra, dal ballatoio.

Sua madre dovette subire, al mezzogiorno, la descrizione dell'ufficio.

Discusse però una immagine di cui si era servito per rendergliela più evidente: l'aveva paragonato alla *cabina di un transatlantico*, ma lei rifiutava, ripetendo con fermezza che le cabine di un transatlantico sono dotate di oblò e non sono di ferro. L'ufficio semmai poteva ricordare la *sala-macchine di un transatlantico*.

Questo intoppo lo indusse a non farla entrare nei dettagli del nuovo lavoro. Si limitò a dirle che si trascrivevano gli importi delle cambiali e che si ricopiavano informazioni.

In realtà, il lavoro risultava abbastanza complesso, specie per lui che ignorava ancora che cosa fosse una cambiale e fino allora ne aveva preso in considerazione solo la piazza e l'importo.

Imparava gradualmente e certi particolari, prima trascurati, gli rivelavano d'improvviso la loro importanza e insieme l'inconsistenza e la contraddittorietà delle sue idee precedenti.

«Basta che tu non sbagli» lo rassicurava il suo maestro. «Con il tempo capirai.»

In effetti si poteva lavorare senza capire la teoria: o afferrandola, magari, tutta al contrario.

Il controllo del lavoro funzionava, invece, in modo elementare.

Ogni sera bisognava indicare, sul mastro della *statistica*, quante pratiche si erano compilate e il numero di cambiali relativo.

Naturalmente il capo consultava la *statistica* quasi ogni sera e ne traeva gli elementi di giudizio. Questo controllo creava negli impiegati continue complicazioni, che Carabba avvertiva, benché per il momento non lo coinvolgessero: improvvisi rialzi della media, originati dal rientro dalle ferie di un impiegato zelante o dalla estemporanea esaltazione di un oscuro. Oppure periodi di stasi, in cui la media oscillava su cifre basse e c'era come un tacito accordo di non modificarla. E le strategie e i trucchi, gli scatti tempestivi per impadronirsi delle pratiche migliori, riconoscibili nei pacchi appena arrivati.

Spesso queste schermaglie perdevano di vista il loro scopo (la semestrale *nota informativa* del capufficio) per ridursi a ripicchi e gesti di rivalità, a malignità e dispetti.

Infatti il capo non esercitava grandi pressioni.

Bisognava riconoscerlo. Era stanco, assente, alla ricerca scettica di una autorità che troppe volte doveva essersi trasformata in rinuncia. Soltanto ai nuovi, e Carabba ne fu subito informato, cercava nei primi tempi di inculcare un suo vecchio motto, "Velocità e precisione".

A Carabba infatti si avvicinò due volte e ogni volta glielo ripeté.

La terza volta citò esclusivamente la velocità, però nell'andarsene aggiunse:

«Certo non bisogna dimenticare la precisione.»

Carabba, volendolo assecondare almeno in parte, fu costretto a scegliere la precisione; della velocità era prematuro parlare.

Decise di pulire la scrivania, di diventare ordinato e di perdere il vizio di distrarsi.

A scuola provava una certa compiacenza a passare per distratto.

Ma al Portafoglio, dove aveva commesso la leggerezza di parlare di sé, l'impiegata che lavorava con lui si era rifiutata, dopo appena due giorni, di collaborare, asserendo che gli errori di distrazione la mettevano in uno stato di tensione.

Carabba arrossiva ancora a pensarci.

"Basta" decise.

Ma tre giorni dopo non si trovavano alcune schede, che aveva avuto in consegna proprio lui.

Naturalmente lo interpellarono più volte:

«E nel suo cassetto? Controlli il suo cassetto, per favore.»

Carabba tutte le volte aveva aperto il cassetto, spostato le carte, frugato e negato con convinzione, allargando le braccia.

Visto che il maggiore indiziato non ne sapeva niente, gli impiegati cominciarono a perlustrare ogni scrivania, a muovere ogni tavolo, a interrogare i commessi, a sollevare le macchine da scrivere e infine a rovistare nei luoghi più improbabili e assurdi.

Anche il capo diede segni di impazienza e al caporeparto sfuggirono imprecazioni tali da indignare l'impiegata più anziana dell'ufficio.

In mezzo al subbuglio Carabba, memore delle passate esperienze, ebbe un gesto di panico.

Aprì il cassetto e vide, in una cartella trasparente, le schede.

Si iscrisse all'università di lingue.

Confermava così le sue dichiarazioni all'Ufficio del Personale e in questo senso era più tranquillo e non temeva complicazioni. Ma, a convincerlo, furono piuttosto i consigli insistenti dei suoi conoscenti.

Gli dicevano che i buoni risultati nelle materie letterarie, al liceo, non bastavano per decidere dell'università.

Bisognava tenere presenti altri fattori, la sua nuova vita di impiegato, i vantaggi della carriera, la possibilità di approfondire da solo la propria cultura.

Svanita così gradualmente, stranamente, l'idea della università di lettere, Carabba si orientò verso quella di lingue: abbinava, in fondo, gli studi letterari con l'utilità pratica.

Nove

L'inizio degli studi fu faticoso.

Stentava a riprendersi, a impiegare lo scarso tempo libero, a orientarsi nei programmi dell'università.

Non poteva inoltre frequentare le lezioni, non coincidevano gli orari.

Pensò che il salto della terza liceo s'era presentato forse più disperato e che anche allora aveva fatto da solo, prendendo pochissime lezioni indispensabili, tra la perplessità degli altri.

Questi pensieri lo aiutavano, sua madre aveva fiducia.

Ma adesso era più isolato: gli amici li aveva persi di vista, così come i professori, dopo quel sabato a scuola; e in banca non mancavano aspetti che lo turbavano. La *statistica* creava uno stato di tensione, di sorveglianza reciproca, di ipocrisia. D'altra parte gli impiegati si conoscevano da anni e la loro familiarità, pur eclissandosi quando si accennava al lavoro, degenerava altre volte in una libertà di gesti e di linguaggio che lo stupivano e lo mettevano a disagio.

Si ricordava della parola *travet*, che avevano cercato di inculcargli nei primi giorni di banca. Allora si era rifiutato di accettarla.

Invece ora si sorprendeva più volte a ripensarla, a rinfacciarla mentalmente ad alcuni suoi colleghi. Per classificare certi atteggiamenti, certe frasi per lui incredibili in uomini già maturi. Forse erano vittime di quel tipo particolare di lavoro, che non era assillante come al Portafoglio e lasciava tempo ai pettegolezzi e alle rivalità: e diventava presto monotono, uguale, con il capo che giudicava solo quantitativamente, senza distinguere tra una personalità e l'altra. Nei primi tempi questo poteva anche non contare, poteva anzi spronare a sbrigare molte pratiche con molte cambiali. Ma alla fine scoraggiava, subentravano momenti di delusione o di stanchezza e allora si vedeva interamente tutto l'assurdo della propria situazione e di quella degli altri.

Si rientrava così nella norma, si diminuiva la media delle proprie pratiche e si detestava il collega che la manteneva ancora alta.

Questo atteggiamento di rinuncia non era certo definitivo, gliene succedeva fatalmente uno nuovo di reazione. Carabba lo rilevò su se stesso, constatò che si comportava come gli altri, nonostante le sue affermazioni contrarie.

Il suo ex maestro gli confermò che la media delle pratiche era sempre stata instabile

In un angolo dell'ufficio scoperse una sorta di circolo letterario: una signora laureata, un ragioniere e un commesso con una gamba paralizzata, che era addetto a riordinare le schede. Costoro si tenevano appartati dagli altri, ambivano a discorsi discreti, pieni di compunzione e di garbo.

Parlavano, affabili, di novità letterarie, di scrittori e di critici. Sorridendo si lusingavano a vicenda e i loro toni allusivi li ripagavano della mediocrità che li circondava.

Carabba li evitava con cura, ma le loro chiacchiere avevano il potere di deprimerlo e di mandarlo a casa abbattuto.

Reagiva raddoppiando lo studio.

Stava alzato fino a notte tarda e le idee gli si appesantivano nel sonno.

Scegliendo un esame letterario, si era illuso, in qualche modo, di prolungare la felicità delle sue letture serali in biblioteca.

Ma certo era meglio prima, quando poteva muoversi in un campo vastissimo, senza limitazioni, soprattutto per evadere in un mondo diverso, e sempre tanto diverso da apparirgli assurdo ogni accostamento... Questo contrasto tra due vite incompatibili l'aveva eccitato, l'aveva convinto che la sua "vera" vita era al di fuori della banca e che lui in banca, in sostanza, "non viveva", perché "non pensava" e faceva un lavoro meccanico che non lo toccava minimamente.

Queste idee gli tornavano ora confusamente nella memoria, ma sentiva che avevano perso entusiasmo e dovevano trasformarsi in altre meno affrettate e assolute. Forse perché i suoi studi avevano preso un orientamento più preciso ed era lontana la vita intensa delle prime settimane di banca, tutta azioni, decisioni, mutamenti.

Ripensava a quel periodo e non poteva evitare di sorriderne, benché non gliene fosse chiaro il motivo né avesse molta voglia di approfondirlo: tanto la situazione non era migliorata e l'ufficio nuovo lo deprimeva; "doveva" ad ogni costo studiare, gli pareva in questo modo di sopravvivere a quel mondo che si rifiutava di accettare per suo: perché non era e non doveva essere suo.

Lo assalivano paure improvvise, in ufficio rideva senza motivo, si affannava per mantenere inalterata la media delle pratiche, si stancava.

Il pensiero dello studio finiva però con l'assorbire gli altri, lo distoglieva da sensazioni contraddittorie, da dubbi e cedimenti che prima non conosceva, ma che minacciavano di avere qualche fondamento. L'esame era decisivo, gli doveva ridare l'equilibrio.

Dieci

Appollaiati sugli enormi banchi dell'aula magna, Carabba e gli altri studenti sfogliavano alcune dispense.

Ormai serviva a poco il ripasso, la tensione impediva di concentrarsi.

D'altra parte il loro turno era ancora lontano e le interrogazioni, laggiù, si protraevano per mezze ore.

L'orologio quadrato, sopra la cattedra, segnava le dieci e dodici.

Dopo un po' Carabba attaccò discorso con una studentessa che gli sedeva davanti. Apprese che il professore era un maniaco della metrica. Le disse che lo vedeva per la prima volta, dato che era impiegato in banca e gli concedevano permessi di uscita solo per gli esami.

Prevedeva che lei si stupisse per il suo impiego o per l'età che lui dimostrava: invece la vide riprendere, dopo un attimo di perplessità, la lettura della dispensa.

Una studentessa, che gli sedeva accanto, gli chiese dopo qualche istante:

«Se sei già impiegato in banca, perché vieni a studiare all'università?»

Carabba si mise a ridere e lei reagì vivacemente: una sua amica, laureata, si era impiegata in banca e ci stava benissimo.

«No, no...» Carabba scosse la testa. «Io studio per avere la possibilità di scegliere tra la banca e un'altra vita.»

Parlando, tutto gli appariva normale. Da solo, invece, sentiva a tratti che tutto era molto più complicato e confuso. Ma l'immaginario equilibrio, che raggiungeva con gli altri, lo rassicurava per un po' di tempo.

La studentessa si mostrò stupita dei suoi voti liceali.

«Certo dovrei riuscire in un esame letterario come questo» mormorò lui con una certa fiducia.

Le interrogazioni della mattina terminarono alle dodici e mezzo.

Riprendevano nel pomeriggio.

Carabba era piuttosto stanco, per fortuna la banca non gli faceva ricuperare le ore perse.

Uscì dall'università tra la folla degli studenti. Il sole era alto, sul marciapiede faceva caldo. Aspettò l'autobus da solo.

A casa divorò il cibo silenziosamente.

Sua madre, che aveva cercato invano di farlo parlare, si rassegnò a guardarlo senza altre domande. Alla fine però esclamò che insomma un esame si sapeva che cosa era e non bisognava ingigantirlo.

Carabba, fingendo di non capire, rispose che non aveva affatto paura di quell'esame e che anzi l'università non si presentava insuperabile, solo a volerlo: bastava tenersi in contatto con qualche studentessa, per sapere i punti più importanti del programma e le preferenze dei professori.

Sua madre non replicò.

Al pomeriggio trovò l'ambiente più accogliente e salutò un discreto numero di studenti, con cui aveva parlato al mattino.

In un gruppo si chiacchierava del professore, che stava già interrogando; a Carabba ripeterono che la metrica era la sua fissazione, decisiva per il risultato dell'esame.

L'attesa fu snervante.
Carabba venne chiamato verso le sette.
Il professore lo scrutò con diffidenza:
«Lei non è mai venuto alle mie lezioni, non è vero?»
«Non potevo, professore, sono impiegato.»
«Ma, come ha il permesso oggi, poteva chiederlo altre volte. A qualche mia lezione poteva, anzi doveva, assistere.»
«Vede, professore, il permesso lo concedono solo per l'esame e dopo bisogna presentare il libretto per il controllo.»
Il professore scosse il capo poco convinto:
«Qualche esercitazione l'ha fatta? Neppure questo, non è vero? Andiamo male, ragazzo mio. Andiamo male. Mi dia il libretto. Come è riuscito ad avere la mia firma sul libretto delle presenze?»
Sfortunatamente, Carabba *non* aveva la sua firma, mentre era a posto con le altre.
«Non c'è la mia! E quelle degli altri, come le ha carpite?»
«Mia madre, con una mancia... al bidello...»
Il professore arrossì, parve perdere il controllo.
Poi si contenne: prese un libro, rassegnato, e cominciò l'interrogazione.

Al termine, mise il voto: promosso. Con il minimo.
Carabba tornò tra i banchi, si sentiva molto deluso, gli furono intorno, a rallegrarsi, gli altri studenti: l'interrogazione s'era protratta a lungo, il professore credeva di scoprire molte lacune. L'aveva trovato preparato. Non poteva bocciarlo, ma gli aveva dato il minimo.
«Che fortuna!» commentò uno del gruppo.
«Ma se era il mio esame...» riuscì a dire Carabba.

Uscì solo e si sentiva un nodo alla gola. Continuava a camminare sull'orlo del marciapiede.

Undici

Il giorno dopo disse che aveva la mente stanca e che si sentiva esaurito.

I suoi compagni di scuola si fecero vivi, lo complimentarono, veramente rimanevano tutti stupiti della esiguità del voto, ricordando i suoi risultati nelle materie letterarie: ma insomma l'università era una cosa diversa, lui lavorava, studiava solo la sera. Che cosa pretendeva?

Decise di non dare l'esame successivo.

Voleva riposare, distrarsi, ogni volta che pensava all'università sentiva una angoscia inspiegabile.

Del resto lui aveva sempre contato su un'estate libera, senza impegni di studio, e valeva la pena di rimandare un esame.

Anche sua madre e i colleghi non trovavano strana questa pausa.

Ma era lui poi che se ne stupiva, forse l'esaurimento era solo un alibi e, più che una causa, un effetto. Dovevano esistere altre cause, si ribellava con troppa insofferenza all'idea di riprendere in mano i libri.

Quando avvertiva questi vuoti, si spaventava, si smarriva, in ufficio interrompeva il lavoro, che di colpo gli diventava intollerabile.

Per fortuna sua madre non mutava, lo trovava un po' smagrito; ma faceva risalire tutto, con argomenti persuasivi, alle fatiche dello studio.

Questo riusciva a tranquillizzarlo, a ridargli momentaneamente la sensazione della normalità.

Per un mese si sforzò di non pensare all'esame.

Divenne infatti più calmo, alla fine parlare dei suoi studi lo turbava molto meno; appunto per questo, però, il suo pensiero vi tornava irresistibilmente: che differenza c'era tra lui e gli altri studenti? Nessuna, solo una differenza nella disponibilità del tempo. Così si era sempre ripetuto.

Ma un pomeriggio, mentre lavorava alla addizionatrice e cercava, per vincere la monotonia, di prevedere quante volte sarebbe apparso, all'inizio di ogni cifra, il numero 21, si fermò sgomento. *C'era* una differenza tra lui e gli altri studenti. Cioè che lui lavorava in una banca e passava qui tutta la sua giornata. E questa esperienza contava, perché era lui a viverla, perché era la *sua* esperienza. Era inutile fingere di ignorarla, chiamarla pratica, transitoria.

Gli parve di avere scoperto l'essenziale, che prima non aveva neanche intravisto. Perciò non aveva mai capito tutto il resto.

Fino all'uscita non riuscì ad applicarsi più a niente. Che cos'era stato quel continuo volersi imporre alla esperienza? Una volta constatato che essa agiva su di lui giorno per giorno e che faceva da sfondo a tutte le sue reazioni?

Che arbitrio, anche, negare l'influenza degli altri. La loro importanza, che gli si rivelava nei rari momenti in cui lo incoraggiavano.

Tornando a casa, prese posto, sul tram, vicino al manovratore. Guardava, senza vederle, le case che gli venivano incontro.

Provava la sensazione penosa che il terreno cedesse: e tutto il recente passato gli tornava alla memoria in una luce più normale, più banale. Ripensava i primi giorni di banca, la "doppia vita", le sere passate in biblioteca, la smania di evadere che l'aveva spinto a studiare con maggiore puntiglio, quasi con ansia, fino a concentrare le sue speranze nel giorno dell'esame.

Poi la delusione di quel giorno, l'indomani ancora in banca. Come se le esperienze si fossero susseguite necessarie, prevedibili, per condurlo alla condizione di adesso.

Scese e avanzò stordito.

Era estate, l'aria soffocante, la città presentava aspetti inconsueti: le case altissime, deserte, le luci del tramonto, poche persone che camminavano nelle strade.

Dodici

Cambiava umore con facilità estrema, i giudizi e i commenti degli altri lo trovavano più indifeso e contribuivano ad aumentare il suo smarrimento.

Tutto era forse accaduto troppo in fretta e bisognava ricominciare da capo. Ma ora che erano cadute tante premesse, non aveva più una meta e niente che ne colmasse l'assenza; adattarsi gli sembrava una resa, la sua crisi non poteva finire così.

Trovava assurda la sua vita, ritornava su certe constatazioni con una fissità che lo stancava e gli faceva talvolta desiderare di evadere, di tornare a muoversi, di distrarsi.

L'estate era caldissima, dai tram semivuoti si vedeva l'asfalto che luccicava.

Incontrava a volte l'amico bancario e, facendolo parlare, ritrovava in lui la propria crisi, le stesse speranze deluse. Eppure non poteva accettare le conclusioni dell'altro. Certo, questo era strano: si irritava ancora, ad ascoltarle. Non poteva accettare che proprio la crisi, che gli aveva aperto gli occhi, gli imponesse una nuova finzione, impedendogli di vedere oltre. Che il fallimento fosse mentale. Ne provò una stretta d'angoscia. Ecco, era quella la morte: la morte in banca. Che era poi una delle infinite morti nella vita.

Così cominciò a sentire, proprio allora, i segni di una ripresa. Come di una reazione istintiva. Come per liberarsi da un peso, che doveva essere eliminato.

Avvertiva una insofferenza indefinita. La sua medesima crisi, nei suoi vizi di origine, cominciò a volerla ignorare. Ciò che contava, infine, era la nuova visione, più circoscritta, certo, ma più vera. Un nuovo equilibrio, che si creava la sua difesa entro limiti, naturalmente, più ridotti...

Ritornavano i suoi amici dalla villeggiatura e parecchi, con cui ebbe occasione di parlare, non si sorpresero che avesse interrotto gli studi per qualche tempo, del resto lavorava e non lo assillava il bisogno.

Quanto alla crisi, lo guardavano, sorridevano e uno più evoluto commentò che sarebbe stato anormale non averne, per passare alla maturità.

Lui ebbe una reazione curiosa, non rimase né incerto né confuso, come aveva temuto, a volte, durante i mesi del suo temporaneo isolamento: non mutò umore, anzi si sentiva stranamente tranquillo, più deciso.

Gli sembrava di rinascere, di ricuperare una libertà di movimento, che aveva perso durante mesi di stanchezza: e che ora si rinnovava, sia pure su un piano diverso. Forse dipendeva anche dalla sua situazione in ufficio, migliorata, alleggerita.

Del resto non gli importava di saperlo e questo medesimo fatto era significativo.

La città si riempiva; in quelle sere di settembre i grattacieli, oltre il parco, parevano scacchiere illuminate.

Le sue ferie, per fortuna, cadevano in una buona combinazione.

1952-53

PARTE SECONDA

La nomina dei procuratori

Oggi nomina dei procuratori. Le mie speranze, finite. Ingannato nella mia fiducia e ormai per l'ultima volta. Sono stati promossi Antonini, Damiani, Coletti, Molinari, Ghezzi. Li hanno chiamati, uno per uno, all'Ufficio del Personale. Quando tornavano, avevano gli occhi brillanti per l'emozione. Subito si faceva cerchio intorno a loro. Anch'io mi sono avvicinato, ho sorriso, ho stretto la mano. Molinari, riconoscendomi nel gruppo, ha trasalito e mi ha sorriso, quasi volesse scusarsi. Ma era felice. E poi lui non c'entra... Tutti sanno che è un raccomandato, che anzi è uno molto raccomandato, ma ognuno al suo posto ne avrebbe approfittato. Dei cinque, del resto, non uno che non l'abbia fatto. È questa la carriera che mi avevano promesso, l'epilogo dei rinvii e delle strette di mano, di tutti gli inviti a non avere fretta, perché ognuno ha il suo turno. E dopo che è passato altro tempo: «Certo lei non è più giovane. Comunque non si preoccupi: LASCI FARE!».

E infine l'infornata di marzo, quando mi dissero che la sessione di settembre, quest'ultima, avrebbe deciso della mia situazione: o la procura o il definitivo trasferimento, come impiegato semplice, in un altro ufficio. Ma io speravo. Com'è possibile, mi chiedevo, com'è possibile che tengano per dieci anni un individuo in un ufficio che è il trampolino di lancio dei funzionari, senza poi promuoverlo? Senza preoccuparsi che comincerà a sperare, a sperare sempre di più, e a fare i primi sondaggi, e poi le prime pressioni, e poi a insistere, poi a insistere ancora, perché gli altri passano e lui resta. Gli altri sono più giovani di lui e magari non hanno moglie né figli da mantenere. Perché quello che conta è lo stipendio. La differenza di stipendio è notevole. Circa un terzo di più, oltre alle gratifiche.

Eppure non è solo questione di stipendio... È anche prestigio, rivincita sui colleghi. Bisognava vedere Antonini, mentre riceveva le congratulazioni di box in box. Antonini speravano tutti che non ricevesse la procura: perché inarca le sopracciglia quando uno di noi lo chiama, ed è pieghevole con i direttori e rigido e asciutto con i commessi. Stringeva le mani con signorile indulgenza, senza compromettersi troppo, già scorgendo, nei colleghi, futuri inferiori da amministrare. La Gallazzo, vicino a me, ripeteva quasi con angoscia:

«Che cafone...! Ma guarda che cafone, ma Dio mio!»

Poi è corsa come le altre ad abbracciarlo.

È una cosa assurda e meschina, se non fosse che vedo finito lì anche il mio avvenire. Il mio avvenire finito.

Adesso è troppo tardi per cambiare. Semmai dovevo farlo i primi tempi.

Ma allora ridevo dei miei colleghi più anziani, quando mi dicevano: «Calmati» con un gesto profetico della mano. «Calmati. Te ne accorgerai.» Li immaginavo magari ottimisti all'inizio e poi scettici perché delusi dalla vita. E anch'io adesso mi ammasso nel loro gruppo. Ed è brutto starci, è avvilente, ha conseguenze impensate anche nella nostra vita privata. Voglio dire, in quella specie di mondo in cui collochiamo idealmente la nostra figura. E anche se noi ci sforziamo di preservarlo, questo mondo, di difenderlo dal mondo degli altri, non ci riusciremo mai completamente. E quello che pensano gli altri lo influenzerà sempre.

Prima cercavo di fare carriera senza saperne tutti i perché. Ora sapevo l'essenziale: *perché ha importanza anche nella mia vita privata*. Perché il mio interesse, ad esempio, per la storia, questo mio hobby frainteso anche da mia moglie, *mi* sembrerebbe diverso, dico sembrerebbe diverso *a me*, se fosse l'hobby di un procuratore e non quello di un impiegato.

Io le analizzo, queste cose, le approfondisco mentalmente,

a differenza dei miei colleghi: ma *loro*, d'altra parte, anche *loro* le sentono in maniera identica. È l'alimento di questa accanita lotta per arrivare, che in giorni come questo scatena tanti comportamenti goffi e ridicoli: Coletti, basso, con la vocetta, che nel pomeriggio trotterellava ilare da una scrivania all'altra, a raccogliere complimenti e a mostrarsi cordiale come prima, anzi più di prima, *già consapevole*. Fabbri però, che non farà mai carriera, ma ha la lingua tagliente, gli ha gridato, appiattendosi sulla scrivania:

«Ma siete stati tutti appoggiati dal comitato dei bassi?»

Infatti sono tutti bassi... Eccetto Ghezzi, che è gigantesco e corpulento, quasi bovino. Fa tremare i vetri della porta, quando entra in ufficio, perché non ha ancora imparato che per aprirla bisogna tirare, anziché spingere. La sua fidanzata piccolina deve essersi messa a piangere, al telefono, quando le ha annunciato che era andato tutto bene. Infatti continuava a dirle: «Ma smettila, stupidella!» con tono ruvido.

Anche Damiani ha telefonato alla moglie. Una telefonata breve, era molto emozionato. Damiani è un uomo compito, sempre compiacente e gentile, sempre misurato. C'è però qualcosa, in lui, di troppo elementare e trasparente, che avvalora le chiacchiere sulla sua vocazione ad essere tradito. E anche lui adesso è procuratore e sta cambiando la pelle, lo sguardo, la voce... Ho visto la metamorfosi degli altri. LA MUTA, come le vipere. Non cambierà quel ruolo, perché per certi uomini è un destino. Ma tutto il resto sì!

Solo Molinari era calmo. Lui non avvertirà molto il passaggio di categoria, perché già è figlio di un direttore centrale. La sua presenza e il suo zelo sono uno schiaffo morale alle speranze degli altri. Benché cerchi costantemente di fare dimenticare la sua origine. Non ci riesce, ma gli altri gli sono grati dello sforzo. È un timido, per questo lo fa, non ne avrebbe nessun bisogno. Oggi taceva e si teneva in disparte, sorridendo con esitazione a quelli che gli battevano una mano sulla spalla.

Per lui solo mi sono rallegrato. Ho voluto anche dirglielo e al momento mi era sembrato di essere leggero, senza sconforto. Ma quando sono tornato alla mia scrivania, no.

Villa mi guardava. Villa è perennemente esaurito e non ragiona più bene. Ha evitato il licenziamento solo perché è un reduce. Villa è venuto alla mia scrivania per liberarmi dalla mia angoscia:

«Non ci pensare. Qui contano solo le raccomandazioni. Nemmeno io le ho e perciò non andiamo avanti. Che galleggiano sono le teste di legno, le altre sono pesanti, vanno a fondo.»

Mi stringeva la spalla con la mano. Poi, fissandomi con i suoi occhietti da pazzo, ha soggiunto:

«*Intelligenti pauca.*»

E, temendo che non capissi, ha tradotto così:

«Poche cose per l'uomo intelligente.»

1957

Sera

La ragazza rise divertita. Anch'egli sorrise. L'alterco, a pochi metri da loro, stava degenerando. La signora ripeteva, con la mano alzata:

«Chieda scusa! Chieda scusa!»

Era da cinque o sei fermate che stavano litigando. Il signore era salito dalla porta anteriore del tram e l'aveva urtata. Evidentemente non doveva averle chiesto scusa, perché da quel momento lei aveva iniziato una sorda offensiva, che una minaccia, borbottata da lui a mezza voce, aveva portato al parossismo attuale. Adesso niente pareva trattenerla. Continuava, con gli occhi sfavillanti, a serrare da presso l'uomo, che si rintanava alla destra del guidatore.

Sul tram cominciarono le reazioni. Gli «oh! oh!» s'incrociavano, provocando l'ilarità. La ragazza addirittura trepidava con le palme congiunte, come a una gara, e lui dovette spostarsi per lasciarle più spazio sul sedile. Gli venne da sorridere, guardandola.

La ragazza se ne accorse e si voltò un attimo.

Aveva i capelli neri, sciolti, e una leggera peluria sopra il labbro.

Sentendo che la fissava ancora, ebbe un altro moto di esitazione. Lui abbassò la testa, sforzandosi di leggere. Le righe si succedevano senza senso. Non riusciva a concentrarsi, pervaso da quella strana trepidazione che da scapolo aveva conosciuto bene. Ma adesso non voleva niente, bisognava non badarci, non pensare.

La ragazza si voltò ancora un poco. Aspettava, evidentemente. Lui continuò a leggere, sporse il labbro, pensò:

"Non devo parlarle".

Il tram percorse un altro tratto. Davanti avevano ripreso a litigare.

«Ma non smettono?» disse lui d'improvviso.

La ragazza si voltò pronta:

«No! Deve averla offesa sul serio!»

«L'aveva provocato.»

«Certo!» si mise a ridere nervosa. «Queste scene devono capitare spesso sui tram, vero? Ne ho già vista più d'una e lavoro in città da appena un mese!»

Aveva un tono aggressivo, disinvolto, un sorriso sicuro. Aggiunse che era impiegata in una ditta di prodotti farmaceutici. Usciva alle sei e mezzo. Lui la ascoltava, sorridendo, dandole ragione: la vita nei paesi è monotona, in città ci sono divertimenti e libertà. Lei si mostrava a suo agio nella conversazione. Del resto non aspettava che questo, aveva qualcosa di animalesco nelle mosse, negli sguardi. Avvertendo questa istintività, lui diventava sempre più naturale, calmo: era una bellezza provocante, ma non intimidiva, ne aveva conosciute altre così, sarebbe bastato non precipitare, non essere frettolosi. Solo una gentilezza formale, pensò.

Quando scesero al capolinea, lei gli indicò il pullman che doveva prendere subito.

«Domani qui, allora?» le chiese.

«Vedremo!» disse lei ridendo.

La vide salire sul pullman. Nella piazza c'era molto vento. Vide il pullman imboccare la camionale che divideva i rettangoli immensi dei campi. Era un tramonto splendido e lui si sentì libero, eccitato.

Si avviò verso casa. Il vento gli soffiava contro, spazzava il viale, il cielo, le case luccicanti come specchi. In fondo gli alberi si congiungevano nella prospettiva.

Ma lui la amava ancora.

Era sicuro di esserne ancora innamorato.

Le voleva bene.

Entrò nella cabina dell'ascensore e schiacciò il tasto.

No, non l'avrebbe tradita, lei non meritava questo e lui era ancora innamorato. Sorrise di sé, mentre l'ascensore raggiungeva il suo piano.

Ma quando lei venne ad aprire e gli si strinse affettuosa contro la giacca, sentì che l'unica soluzione era di tradirla.

1958

I colori della vita

La pensione era una casa gialla tra il verde degli alberi. Il mare azzurro scivolava leggero sopra la rena.

Scesi dalla motoretta e aiutai mia moglie a slegare la valigia dal portapacchi. Mia moglie indossava un vestito giallo. Dalla mattina non vedevo che colori.

Entrammo nell'atrio della pensione e ci accolse la faccia paonazza del proprietario:

«Si fermano qui molto?»

«Due giorni.»

Il proprietario ci precedette per una scala tinteggiata di verde tenue. Le porte delle camere si allineavano bianche nel corridoio. Il proprietario ce ne aperse una, la 22, e si allontanò con un sorriso. Ci trovammo in una camera tutta dipinta di azzurro e io ero in mezzo, inebetito, assieme al vestito giallo di mia moglie. Lei si avvicinò allo specchio e si tolse con stanchezza il foulard.

Io stavo sdraiato sul letto e guardavo il soffitto bianco. Sentii l'abbandonarsi pesante di mia moglie sul letto e poi la sua bocca, semiaperta, sulla mia spalla. Mi volsi verso di lei e le lisciai i capelli neri, crespi. Teneva gli occhi socchiusi.

Quando le apersi, senza convinzione, la camicetta, i seni sbucarono come due pere, bianche. Le spalle erano brune di sole e i seni piccoli, bianchi. Mi si addossò senza aprire gli occhi, ma io continuavo a guardare i suoi colori.

Lei spalancò gli occhi stupita:

«Che cos'hai?»

«I colori.»

«Come?»
«Non vedo che i colori.»
Si rizzò a sedere sul letto.
«Come, non vedi che i colori.»
«Vedo il bianco, il bruno. E basta.»
«Non vedi me?»
«No. Vedo i colori.»
«Ma sei impazzito! Senti» mi scosse per un braccio. «Rispondimi!»
«Lasciami guardare i colori» mormorai.
«Ma sei impazzito! Ascoltami!» scongiurò. «Che cos'hanno i colori?»
«Sono belli» risposi.
Mi guardò. Esitava:
«Più di me?»
«Sì.»
«Ah no...» mia moglie appoggiò la bocca sul cuscino. «Questo no... Guardami, tesoro, dimmi, mi ami ancora, vero?»
«Sì.»
«E i colori?»
«Di più.»
«Ma non li avevi mai visti?»
«Non come oggi.»
Sentivo che dovevo dirglielo. Mia moglie era atterrita.
Piangeva, si voltava a guardarmi.
Io guardavo i colori.
Stavo immobile. Non sapevo che cosa fare. Non desideravo più nulla.

A un tratto lei guizzò dal letto e si precipitò sulla valigia. Vi rovistò frenetica e ne trasse infine un paio di occhiali neri, da sole. Si buttò con quelli sul letto e me li infilò con violenza:
«Adesso li vedi, i colori?»
«No.»
Mia moglie cadde bocconi sul letto.
Io guardavo il soffitto, ma era tutto nero.
Avrei voluto togliermi gli occhiali, però mi spiaceva per lei. E poi adesso ero calmo.

Ero tranquillo.
Eravamo tranquilli tutti e due.

Quando scendemmo nella sala da pranzo, il cameriere che ci serviva l'antipasto mi chiese cortese, additandomi gli occhiali neri:
«Male agli occhi, signore?»
«No» mi prevenne mia moglie, disinvolta. «Mio marito vedeva i colori.»
Il cameriere la guardò.
«I colori della vita. Capisce?»
Il cameriere non capiva.
«Insomma, adesso vede come noi» finì lei semplicemente e cominciò a tagliare il prosciutto nel piatto.

1958

Il pazzo

C'è un pazzo, tra noi.

Siede a metà del corridoio, sotto la luce conica della lampada.

È corpulento, dilaga sulla scrivania.

La sua calcolatrice ha sussulti normali. Anche il suo lavoro procede regolarmente.

Però è pazzo.

Se gli passi davanti due volte per ritirare le pratiche dall'armadio in fondo, solleva i suoi grossi occhi sporgenti e non li stacca finché svolti dietro l'angolo. Poi si alza, ti raggiunge quatto mentre ti siedi alla scrivania e ti chiede: «Perché continui a passarmi davanti?».

Lo guardi, e lui sta veramente aspettando la risposta.

Gli spieghi che sei passato due volte semplicemente per ritirare le pratiche. Che cosa va a pensare?

Ti guarda senza vederti. È come se non gli avessi detto niente. Scuote la testa e scandisce:

«Sta' attento a quello che fai. Hai capito?»

Ti fissa negli occhi per accentuare la minaccia:

«Sta' attento. Non dico altro.»

Vorresti replicare, ma ammutolisci.

E quando alzi la testa è già sparito.

«Il guaio è che Bertoni può diventare pericoloso» ci dice con aria grave Rigoldi, trattenendoci dopo l'orario di chiusura. «I tipi come lui cominciano con le fissazioni e non si sa come finiscano.»

«È molto tempo che è così?» chiede sbigottita la Necchi.

È anziana, religiosa, sempre in apprensione per tutto quello che capita.

«È da un mese, un mese circa» le risponde la Molteni. «Ha cominciato con me.»

La guardiamo nostro malgrado, la sappiamo esibizionista. Sorride:

«Sì! ha cominciato col dirmi di lasciarlo in pace e di non fargli domande sulla sua vita familiare.»

«C'è bisogno di essere pazzo, per questo?» interviene ironico D'Arbela.

«Ha detto che mi avrebbe schiacciato la testa con la calcolatrice» aggiunge lei soddisfatta. «Una sera, dopo il lavoro. Ha detto "Guai!" se oso ancora toccarlo.»

«E lei non lo tocchi!» esclama D'Arbela.

«Io? Io toccare quel bestione?»

D'Arbela sorride scettico. Ha detto una volta che lei vedrebbe il sesso anche nel prete che viene a darle l'estrema unzione. La Molteni aggiunge:

«Non le permetto di dire che io lo tocco!»

«Non ti arrabbiare, cara» interviene con garbo Rigoldi. «Vuole dire che tu qualche volta lo fai infuriare apposta. E ha ragione, non ti pare?»

«No!»

«Sì, cara, diciamo la verità» continua lui sapiente, guardandoci. «Qualche volta lo stuzzichi, sapendo che si esaspera.»

«Anche tu allora!» ribatte lei pronta.

Rigoldi piega la testa con amarezza, senza rispondere.

La scena si sviluppa. Sono amanti, questo si sa, lei sposa un altro entro il mese, ma si incontrano ancora in una pensioncina della periferia.

Interviene D'Arbela, il gesto superiore e pacato:

«La Molteni ha ragione. Anche tu lo stuzzichi. O almeno lo stuzzicavi. Anche noi. Tutti abbiamo la nostra colpa» (la Necchi si mette una mano sulla bocca). «Siamo uomini e ci divertiamo a vederlo furioso. Ma adesso il gioco deve finire. Ha fermato anche me sulle scale e mi ha minacciato. Quello è pazzo, ma certe cose le capisce. Capisce quando gli altri hanno torto, quando si comportano con lui in un certo modo solo perché è pazzo.»

«Chi, gli altri?» reagisco io.

«No, lei non c'entra, lo sappiamo. E poi lei ormai pensa solo alla pensione. Ma noi dobbiamo pensare alla carriera. Un pazzo simile ce la può compromettere, con un incidente qualsiasi. Non dobbiamo più sbagliare con lui. Capite?»

Ci guarda accigliato e conclude:

«Non dobbiamo sbagliare.»

Ma a che cosa serve, con un pazzo? Quando si passano con lui otto ore al giorno e si hanno continui contatti per il lavoro. Sì, è vero, ne abbiamo abusato a suo tempo, anzi ne *hanno* abusato, perché io non c'entro, come ha riconosciuto anche D'Arbela, io me no sto nel mio angolo. Ho tirato i remi in barca, come si dice. Ma loro, che prima si sono divertiti, adesso che cosa pretendono? Ormai è pazzo. Io non dico che la colpa sia tutta loro, ma ormai è inutile rimuginare i propri torti o ignorarli, è troppo tardi, lui l'idea se l'è fatta, c'è solo da aspettarne le conseguenze.

E la Molteni comincia a temerle. Pensare che passava continuamente di fronte alla sua macchina, se capiva che lui si eccitava. Gli chiedeva ogni giorno se sua moglie aveva novità; eppure conosceva l'incubo della sua vita familiare. Sapeva che sua moglie lo graffiava, lo picchiava e che lui, con la sua forza, non riusciva a reagire. La Molteni poi diceva in giro che un marito così, che si faceva picchiare, non l'avrebbe mai voluto. Che lei voleva un uomo: proprio lei che ha sempre tenuto a bada il fidanzato per andarsene a letto con il collega. Persino Rigoldi, l'amante, reagiva ai suoi scherni contro Bertoni, forse per un residuo di solidarietà maschile. Le diceva:

«Adesso basta.»

In questo era sempre sostenuto da Frigerio, il più giovane dell'ufficio, che parla sempre di psicanalisi e di altre teorie moderne che non conosco, né voglio conoscere. Secondo lui Bertoni andrebbe curato soprattutto con il rispetto e tornerebbe normale.

«Ma se è sempre stato maniaco!» gli ho detto.

«Non è vero» mi ha risposto. «Siamo stati soprattutto noi e sua moglie a peggiorarlo.»

«Tu sei più maniaco di lui» gli ho ribattuto. «E sta' attento con il tuo rispetto! Sta' attento che ci andrai di mezzo proprio tu!»

Non ci crede. Capirà da sé, a proprie spese. Sono sicuro di essere buon profeta.

In fondo mi dispiace, perché è l'unico, qui dentro, che può fare ancora carriera e non ci pensa. Pensa a Bertoni! Gli altri hanno sempre tormentato Bertoni e adesso tremano per la carriera! Hanno riacquistato la coscienza per la carriera! Che tra l'altro non faranno mai! Questo è il bello. *Mai!* Lassù li prendono in giro per farli lavorare sempre. Per impedire che si rassegnino e tirino i remi in barca come me. Io vado in pensione tra un anno. Fino a qualche anno fa lassù mi hanno detto:

«Guardi che la carriera è sempre aperta.»

L'ultima volta ho sorriso e ho chiesto:

«Sì, ma per chi?»

Così me ne sto nel mio angolo. Non mi sciupo. Illuso sì, ma non fino alla morte. E osservo gli illusi che lavorano. Osservo l'ufficio.

Lastre di vetro formano il soffitto del corridoio.

Nei pomeriggi di sole la luce spiove calda, divisa in riquadri dalle intelaiature di ferro: camminarci sotto è come avanzare in un pergolato.

Ma nei giorni di pioggia il corridoio diventa grigio: gli impiegati sollevano le teste e qualcuno si incarica di tirare grandi tende, a coprire le lastre. Almeno cesserà lo stillicidio sulle scrivanie.

Eppure Bertoni non la intende così. Balza dalla sua scrivania come un cane che fiuta la selvaggina. Si precipita sul fascio delle corde e comincia a slegarlo furiosamente. Rigoldi, pallido, si alza:

«Non vorrai farci bagnare tutti?» gli chiede.

«Dovevate interpellarmi prima!» prorompe l'altro ansimando, mentre continua a slegare le corde. «Che cosa vi ho fatto, io? Chi sono, io?»

«Come?» gli grida Rigoldi, avviandosi a fermarlo.

Ma l'altro lo previene: molla il fascio di corde e si avventa contro di lui con il pugno alzato. Il colpo scaglia Rigoldi contro le porte dell'armadio, che sbattono fragorosamente. La Necchi dà un grido, subito trattenuto perché teme che la sentano di là. Rigoldi, terreo, non reagisce. Ritorna al suo posto, mentre l'altro è finalmente riuscito a slegare le corde. Assistiamo muti. Vediamo le tende scivolare e scoprire le lastre grigie, quadrate, con i rigagnoli di pioggia serpeggianti.

Ha fermato anche me, sulle scale. Ero andato a ritirare l'impermeabile nell'armadietto e me lo vedo salire a balzi dal pianerottolo. Mi afferra per un braccio:

«Anche tu!»

«Io che cosa c'entro?»

«Tu c'entri come gli altri!»

«Ma che cosa ti ho fatto?»

Sembra calmarsi. Eppure l'occhio si fa più minaccioso. Risponde:

«Che cosa ne so? Tu non fai mai niente. Perciò la pagherai anche tu. Capisci?»

Io ho paura. Sì, ho paura. Un pazzo non si sa che cosa covi. Io non gli ho mai fatto del male. Tutt'al più non l'ho difeso. Se fosse normale glielo spiegherei, mi scuserei forse. Anche gli altri gli parlerebbero, insomma anche se gli hanno fatto del male è forse la prima volta che capita? E a me, quanto ne hanno fatto? Quante ne ho patite, io? È la vita che è così, ci bastonano e vogliamo bastonare, e adesso ci è capitato un pazzo che non lo capisce! Ci vuole giudicare. Lui, bisognerebbe picchiare! Anche lui avrà fatto del male, ma, siccome è pazzo, vede solo quello che fanno a lui! È malato ed è capitato tra noi come se non lo fosse.

Però anche il capufficio se ne è convinto. Prima ci, anzi *li* aveva visti esasperare Bertoni e li aveva rimproverati aspramente. È un tipo collerico, duro, e non aveva usato mezzi termini. Non voleva più scene del genere in ufficio. Così l'argomento Bertoni non hanno più osato toccarlo con lui. Ma adesso ha potuto valutare meglio la situazione. Sì, nessuno aveva ricordato a Bertoni che la festa del patrono cittadino noi lavoriamo ugualmente mezza giornata: ma è colpa nostra anche questa? Siamo tenuti a dirglielo? Lui ci minaccia e noi dobbiamo preoccuparci di lui? Così è piombato in ufficio alle undici, trafelato, paonazzo. È corso al tavolo del capufficio, additandoci:

«Non mi hanno avvisato, delinquenti! Apposta, lo hanno fatto! Ma io li accoppo! Li accoppo!»

Il capufficio si è alzato di scatto, gli ha urlato:

«Si calmi! Lei si deve calmare! Ha capito?»

Le due impiegate anziane che lo fiancheggiano sono balzate anche loro a tenere l'energumeno per la giacca, pietose.

Allora Bertoni, dopo un attimo di esitazione, ha lanciato contro il soffitto due terribili imprecazioni oscene.

Le due donne lo hanno mollato di colpo, esterrefatte.

Il capo, in un silenzio irreale, ha preso Bertoni per un braccio e lo ha portato fuori

Deve licenziarlo. Basta. Non si può continuare così. Non si può sorvolare anche questa volta. Sarebbe troppo, qui ci va di mezzo la nostra pelle, siamo tutti sottotiro ormai. Anche Frigerio! Anche Frigerio, io sono uno che in queste cose non si sbaglia. Lo sento.

Rientrano.

Come!

Il capo si avvia cupo al proprio tavolo.

Bertoni torna sbiancato al suo posto, di fronte a Frigerio.

Non dirgli niente, Frigerio! Non sorridergli, se non hai la grinta ti colpiscono. Tu sei uno che deve difendersi. Non parlargli! Perché gli parli?

Tu devi solo difenderti!

Che cosa ha in mano Bertoni?

Che cosa fa?
Ecco!

Nell'infermeria, bianchissima, fanno ressa. Ma il passaggio deve essere tenuto sgombro. Un funzionario del Personale invita ripetutamente ad allontanarsi:

«Se la caverà, state tranquilli. Tornate al lavoro.»

Ha un tono suadente, dolce.

«Non perdete più tempo» aggiunge.

Finalmente si allontanano, due, tre, poi tutti. Un funzionario del Personale è sempre temibile. E poi adesso ci sarà l'inchiesta, Bertoni l'hanno portato via, nel posto che gli spetta. I commenti continuano sulle scale.

Il funzionario mi guarda, sempre affabile:

«E lei, non raggiunge i suoi colleghi?»

«No» rispondo, con lo stesso tono tranquillo che avrei usato per il sì.

Il funzionario mi guarda sorpreso. Ma io vado in pensione tra un anno.

«Come vuole» conclude lui asciutto.

Finalmente posso vederlo.

È steso sul lettino, la testa fasciata dalle bende. L'infermiera gli sta ripulendo un sopracciglio.

Quando gli stringo la mano, riapre gli occhi. Mi accenna un sorriso.

«Ti avevo avvisato di stare attento» gli dico commosso.

Annuisce.

«Vedi il tuo rispetto! Ecco che cosa ci hai guadagnato. Ti pare?»

Sorride.

Sembra rassegnato.

«Per che cosa, poi? Per niente. Lui è pazzo, adesso l'hanno ricoverato in manicomio e nessuno ha più colpe. Ti pare?»

Non risponde.

«Neanch'io, no?»

Mormora qualcosa.

Mi chino vicino alla sua bocca per sentirlo.
«Tu non c'entri» mi dice.
«Davvero?»
«Sì.»
Povero ragazzo! Mi si inumidiscono gli occhi.
«Grazie, sai, Frigerio... Detto da te mi fa piacere. Ma vedrai, tutto passa, tutto si aggiusta... tutto torna come prima. Sta' in gamba, eh, Frigerio!»
Esco di soppiatto, nell'anticamera, e poi sulle scale piene di luce. Povero ragazzo! Ne avrà per una quindicina di giorni. Ma insomma. Forse gli serve per diventare uomo. Intanto ha già capito che io non c'entro. Prima non l'avrebbe mai ammesso. Mi fa piacere che l'abbia capito.
Finalmente.
Scendo le scale.
Finalmente!

1958

Mancino

Ero nell'anticamera del medico. Aspettavo il mio turno e sfogliavo alcune riviste di medicina. Le riviste erano sparse su un tavolino basso e gli unici che le sfogliavano eravamo io e un ragazzino, che aspettava io le prendessi e le posassi per imitarmi puntualmente. Questa coincidenza doveva affascinarlo più che il contenuto delle riviste. Ma neanche a me interessavano.

Quando rialzai la testa, il ragazzino smise anche lui di leggere e si accomodò sulla sedia. Aveva un'aria divertita e furba che mi faceva sorridere. Anche lui sorrideva. Poi, con una mossa di soppiatto, prese una rivista. Mentre la sfogliava rapido, il mento appoggiato sopra il palmo, sua madre gli gridò:

«Attento alla mano!»

Il ragazzino si corresse meccanicamente, come a un comando familiare. Spostò la guancia sul palmo della sinistra e cominciò a voltare le pagine con la destra.

Chiesi a sua madre:

«Lo corregge sempre?»

«Sempre!» rispose lei con forza. «Quando mangia, quando scrive. È una disperazione, da qualche anno!»

Il ragazzino, curvo sul tavolo, la spiava di sottecchi. Aveva un'aria un po' timorosa.

«È sempre stato così?» chiesi io.

«Peggio! Prima peggio!» pareva aspettarmi al varco. «Prima faceva tutto con la sinistra. Adesso è un po' migliorato. A furia di spillate.»

«Spillate?»

«Certo, spillate. In prima elementare aveva imparato a scrivere con la sinistra. E io, zaf! quando faceva i compiti a casa, un colpo di spillo sulla mano. A qualcosa è servito.»

Mi ritrassi leggermente. La madre dovette accorgersene perché aggiunse:

«Non gli facevo molto male, s'intende!»

«No, una volta m'ha fatto un buco!» intervenne il ragazzino. «Guardi!» e mi mostrò il dorso della sinistra.

L'effetto lo appagò. Per rialzare le sorti della madre, che intanto ripeteva «che sciocco!», aggiunse che di solito non sentiva troppo male. Parlava rassegnato. Mi guardava e pareva sollecitare le mie reazioni.

«Ma perché deve usare la mano destra?»

«Ma perché non deve usarla proprio lui?» esclamò la madre. «Perché dev'essere diverso dagli altri? Bisogna vederlo, a tavola. Il cucchiaio con la sinistra, il bicchiere con la sinistra. Fa senso!»

Il ragazzino, vedendomi interdetto, completò il quadro:

«A scuola la maestra non mi ha lasciato nel primo banco perché le facevo impressione.»

Si vedeva che era abituato a vagliare tutti gli argomenti. Quando gli chiesi, subito dopo, se a lui importava di essere mancino, mi rispose:

«No.»

«Se fosse solo per te non ti preoccuperesti?»

«No.»

«È per gli altri?» additai la madre e, vagamente, la gente che attendeva in anticamera.

«Sì.»

«Ma ha ragione lui» esclamai, rivolto alla madre. «E poi di mancini ce ne sono tanti!»

«Lo dice lei» ribatté la madre, asciutta.

Guardavo il ragazzo, così lucido, così maturo.

«I mancini, tra l'altro, sono molto bravi con la sinistra» tentai. «Basta assistere a una gara di tiro al piattello.»

Il ragazzo concluse:

«Per noi sono mancini gli altri.»

Io tacevo.

Speravo: “Sarà il medico a convincerla”.

Aspettavo.

Ma quando il medico lo accompagnò dopo la visita, sentii che gli diceva, con voce suadente, nel corridoio:

«Non usare la sinistra, hai capito? Devi essere normale. Cerca di usare la destra e andremo d’accordo.»

1959

PARTE TERZA

Mia zia

Mia zia abita sul lago.

È titolare di un piccolo ufficio postale, dove si aggira lei sola.

È piccola, ha sessant'anni, i capelli bianchi e veste sempre di nero.

È vergine.

Che mia zia sia vergine è una delle poche certezze della mia vita.

Arrivo con il pullman.

Mia zia è ad aspettarmi sotto la pensilina.

Si alza sulla punta dei piedi per abbracciarmi.

«Hai tutto nella valigia?»

«Sì.»

«Non hai dimenticato niente?»

«No, zia.»

«Sei venuto per riposare?»

«E anche per scrivere.»

«Ah» dice, quasi delusa. «Scrivi ancora?»

Ritrovo la casa, la stanza, la vista sul lago. Mi dice:

«Non è cambiato niente. Solo io sono prossima alla fine.»

Scendiamo le scale.

Lei è "prossima alla fine" e io sono "cresciuto di statura".

Se fosse vero quello che mi ripete tutte le volte, a quest'ora sarebbe rimpianta da un gigante.

A tavola. Le dico:

«Zia, giovedì c'è lo sciopero della posta.»

«Non mi riguarda!»

«Riguarda chi?»

«Riguarda quelli che scioperano!»

«Ma tu non sei della posta?»

«Sì, ma non sciopero. Non è serio! Andiamo! Una impiegata dello Stato!»

«Già, tu non hai mai fatto neanche le ferie» ricordo.

«E poi adesso vado in pensione. Ho chiesto di essere liquidata entro l'autunno, intanto che sono lucida. Voglio finire in bellezza.»

Sulla terrazza del ristorante che dà sul lago c'è un juke-box e la gioventù del luogo danza. Il cielo è pieno di stelle. La luna tra gli alberi. Mia zia mi addita le coppie e mi sussurra esasperata all'orecchio:

«Ma che cosa fanno? Dormono!»

«No, zia.»

«Ma che cosa fanno?»

«L'amore.»

«Aaaaahhhh...» assapora il trionfo. «Aaaaahhhh... Lo vedi che è per quello? Ma è un ballare?»

«Può darsi di no» ammetto (qualche coppia sta addirittura ferma).

«Ma allora dov'è il divertimento?»

«Dipende.»

Mi guarda sospettosa:

«Che cosa vorresti dire?»

Taccio. Per placarla, aggiungo:

«Certo non è il ballo di una volta.»

«Meno male che lo ammetti» esclama. «Tu se non altro lo ammetti.»

Le basta che io ammetta. La trovo cambiata. Prima rifiutava di capire. Adesso, mentre camminiamo nel viottolo, dice:

«Io prima non capivo che si potesse sbagliare. Adesso sì. Perché la vita mi ha fatto capire tante cose, e insomma la natura umana è debole. Appunto per questo non bisogna esporla alle tentazioni. Io non dico che gli uomini di una volta fossero diversi, ma avevano meno occasioni. Andiamo! Avevano meno occasioni. Adesso il cinema, la televisione, il ballo, le gite... Perciò, se una si conserva seria, ha anche molto più merito, nella vita moderna. Non è una stupida come le altre. Non è un'oca, una sciocca, una leggera, che invece di pensare alla dignità, al rispetto...»

Ricomincia.

Insomma, oscilla.

Adesso capisce, ma a malincuore.

E i suoi amori segreti rimangono sempre "la dignità" e il "rispetto". Ha avuto però anche lei il suo cruccio sentimentale a vent'anni, primo e ultimo.

«Finito male, vero, zia?»

«Ne aveva altre due, a parte me.»

«Dopo basta.»

«Basta. C'era un professore che mi corteggiava, ma dopo un complimento che mi ha fatto, basta.»

«Non l'hai accettato.»

«Non ero una ragazza d'oggi.»

«Che complimento ti aveva fatto?»

Continua a martellare le buste con un timbro pesante.

«Dimmi, che complimento era?»

Il piccolo ufficio rintrona dei suoi colpi violenti.

Improvvisamente posa il timbro sul tavolo, mi guarda in viso, non sa se dirmelo, poi esclama:

«Mi aveva detto "che bel corpo". E io gli ho gridato: "Stupido!".»

Vado nel suo piccolo ufficio pieno di sole a mostrarle un racconto che ho scritto qui.

Le piace.

«Mi piace perché fai capire quello che si guadagna a tradire la moglie.»

«Solo per questo ti piace?»

«No, è scritto bene, e poi c'è anche una morale.»

«Ma la morale potrebbe essere che è meglio tradire la moglie.»

Mi aggredisce:

«Possibile che siate tutti uguali! Possibile che abbiate in mente solo certe cose! Perché descrivete soprattutto quelle?»

«Per capirle.»

«Perché, gli altri non le capiscono?»

«Può darsi di no, non tutti.»

«Chi non le capisce?»

Devo trovarle, per prestigio, l'esempio di uno che non capisce certe cose.

Scarto qualche possibilità.

Ma forse ho trovato.

«Per esempio, zia, se uno dice che le donne vanno con gli uomini solo quando sono innamorate, non capisce le cose.»

«Vanno dove?»

«A letto, zia.»

Rimane un po' esitante. Mi dice di lasciarla tranquilla con le sue idee.

È una cattolica molto rigida.

La sera prima di partire le dico che un mio conoscente, nell'andare in pellegrinaggio a Lourdes, ha perso la vita.

Taccio, in attesa.

Continua imperturbabile a mettere ordine.

A un tratto dice:

«Anche al prevosto, che andava a Lourdes per un cancro, si è fracassata l'automobile durante il viaggio.»

La guardo stupito.

Termina:

«Pare che sia uscito dall'incidente completamente illeso. E guarito anche dal cancro.»

Arriva il pullman.

Mia zia si alza sulla punta dei piedi per abbracciarmi.

È commossa.

Riparto con il pullman.

Mia zia si riprende, fa qualche passo:

«Non nominarmi mai nelle tue stupidate» mi grida. «Io sono una persona seria!»

1960

Io ti rispondo di sì

> Visto che non possiamo tirare giù il sole, tappiamo tutte le finestre e accendiamo lampadari nella nostra stanza.
>
> Da una lettera di Gustave Flaubert a Elisa Schlesinger, 14 gennaio 1857

Mi chiedi se ne sono innamorato. Io ti rispondo di sì. Tu non puoi probabilmente immaginare come sia importante un amore sereno, reciproco, fondato sulla fiducia, sul ricordo delle difficoltà superate in comune. Non è la passione, d'accordo: ma quanti matrimoni, voluti sotto la spinta dei sensi, si sono rivelati un fallimento. Tutti, almeno quelli che conosco. E poi che cosa lascia la passione? Credimi, è meglio non correre questi rischi e con mia moglie, del resto, capisci che non ne corro. Il mio tipo, tu lo sai, era la donna curvilinea e dolce, su questo non ho mai avuto dubbi. Lei invece è magrissima e nervosa e le ossa del suo bacino sporgono. Io mi astengo comunque dal toccarle e in ogni caso niente di importante: di solito, a occhi chiusi, immagino di essere sdraiato vicino alla Luciana. Lei aveva effettivamente quel tipo di carnagione elastica che mi ha sempre attirato irresistibilmente nelle donne. Ti dirò anche che conservava, durante l'amplesso, una espressione così luminosa e rassicurante che io le ero, come dire, riconoscente. Mi pareva veramente di annegare nella forza che ci univa. Resto smarrito, a volte, ripensando ai futili motivi per cui l'ho lasciata. In fondo perché non convinceva interamente gli altri. Così ho finito con lo sposare la donna colta, distinta e magra che piaceva a loro.

Non che comunque, intendimi, possa muoverle appunti precisi. Alcuni amici mi hanno confessato intimità più desolanti. Del resto basta con questi dettagli, che rischiano di fraintendere il senso di un matrimonio. Sì, con Luciana l'esperienza era completamente diversa, questo lo devo ammettere. A paragone, ora è come se vedessi le stesse cose con un cannocchiale alla rovescia. Ma non idolatriamo il sesso. Oggi siamo ossessionati dall'erotismo. Abbiamo un nome per qualsiasi perversione, vediamo in ogni oggetto forme allusive. Ma che cosa si può pretendere da un matrimonio? Insomma ti volevo spiegare che l'attrazione fisica è secondaria nel mio sentimento. Credo anche nel suo.

Nel matrimonio, fortunatamente direi, hanno importanza altri valori: la comprensione, l'affetto, l'affinità non fisica, ma morale. A questo proposito non esagero dicendo che difficilmente un altro potrebbe essere più pago di me. Non sei sposato, non puoi capire che cosa significhi avanzare in due, cercare in due. Naturalmente le nostre mete immediate sono di carattere materiale, stipendio, casa, automobile. E dobbiamo sempre fare i conti con la "necessità pratica".

Generalmente, dopo aver pronunciato questa espressione, si allargano le braccia.

Io ne ho paura. Bisognerebbe ridurre al minimo lo spazio che occupa nella nostra vita. D'altra parte, ma solo su questo punto, mia moglie non vede le cose come me. Il fatto è che l'ottica femminile è diversa e un uomo non deve fraintenderla, ma capirla.

Lei, ad esempio, non capisce la mia passione per gli insetti. Non ha ancora assimilato, in tutti questi anni, la elementare nozione che l'entomologia non è un hobby, ma la ragione sotterranea della mia esistenza e che spostarmi le cassette di allevamento vuole dire sconvolgermi. Si ostina a considerarla una dispendiosa mania, che sottrae il mio tempo agli straordinari. C'è da riconoscere che lei non ne perde uno e infatti torna a casa tardi la sera e i nostri orari non coincidono mai. Però anche qui abbiamo trovato l'accordo e mangiamo da soli. Come ti dicevo è essenziale la comprensione per vivere in due e il mangiare a ore diverse ha eliminato appunto alcuni inconvenienti. Negli ultimi tempi stentavo infatti a sopportare la sua mancanza di ilarità. Non ride mai. Non ha il senso comico e non si rende naturalmente conto di quanto sia comica. Anch'io ho perduto con lei il senso del comico e così stiamo spesso in silenzio. Non avrei mai immaginato come a una certa età sia importante il silenzio. Un silenzio che paradossalmente ci unisce senza che ce ne accorgiamo. Quanti agguati sono invece tesi nel linguaggio. Io temo più una parola che un gesto. Quando si è perduto quell'irripetibile pudore che ci attrae così tanto in un amore nascente.

È terribile invece quando una donna vuole capirti. La mia, che ha studiato psicologia, si è proposta di togliermi ogni senso di inferiorità per la statura e vi accenna continuamente, con disinvolta noncuranza. Scambia per sincerità il cinismo, sparla senza ritegno delle mie amiche e gode apertamente delle disgrazie altrui. Oppure, all'opposto, affetta arie di massaia e mi elenca minuziosamente gli acquisti in cui ha risparmiato qualcosa. Ha comunque capito che non va bene ripetere due volte simili frasi senza gravissimi motivi. Prima infatti le enunciava e poi le ripeteva tali e quali, sorridendo. Immaginava l'approvazione dei suoi parenti, della società. Diceva le cose più ovvie per il gusto di sentirsi al riparo da qualsiasi obiezione. «Ti pare?» mi chiedeva. Io la guardavo sbalordito. Poi mi è passato anche lo stupore e improvvisamente è sopraggiunta la noia, l'atroce noia. Per non esserne sopraffatto tu ti dibatti, gridi!

Così cominciano i litigi, che darebbero il sale all'amore. Ma dopo ci si ritrova più lontani di prima e io vorrei ritrovarmi addirittura lontanissimo. Per sempre, per dimenticare. Non c'è niente di anormale, intendimi, è un fenomeno che deriva dalla convivenza con un altro essere. Anzi, pare che quanto più l'altro ti è complementare, tanto più lo detesti. Non puoi abituarti. A ogni altra situazione puoi abituarti, a questa no.

Del resto, se lei è assente, non la odio più. Dunque, per salvare il nostro matrimonio non rimarrebbe che la separazione. Momentanea anche, se proprio non definitiva. Ma, rispondi, hai provato a lasciare una donna che ti ama? Non c'è parola che esprima la sua ottusa disperazione. Per l'uomo è una sensazione sorda. Come possono i dongiovanni staccare così spesso le cellule dalla carne viva? No, non potrei sopportarlo. E poi un matrimonio come il nostro non avrebbe meritato una simile fine penosa. Un matrimonio riuscito, tutto sommato, pur con gli inevitabili nèi. Così l'ho uccisa con un colpo d'accetta e ti prego di rispedirmi subito il mio baule, perché il problema di sistemare i poveri resti è più complesso di quanto possa a prima vista sembrare.

1963

Lettore di casa editrice

Una mattina buia di novembre un uomo uscì da un palazzo quadrangolare e si diresse alla stazione della metropolitana. Indossava un cappotto grigio e un cappello a tese larghe. Portava occhiali scuri e reggeva con la destra una piccola valigia nera.

L'uomo sbucò alla superficie in una piazza circondata da grattacieli e da una chiesa bassa. Imboccò un viale dove la prospettiva si dissolveva in una nebbia gialla. Camminò su un marciapiede invaso dai cofani luccicanti delle automobili, finché varcò la soglia di un palazzo.

La cabina dell'ascensore si illuminò appena la toccò con il piede. La porta si aprì al quinto piano. "Avanti" era scritto sopra una targa dorata. L'uomo fece qualche passo in una anticamera silenziosa.

«L'editore la sta aspettando nel suo ufficio» gli disse la segretaria affacciandosi a una porta.

«Eccole i manoscritti da leggere» gli disse l'editore.

Erano collocati con cura uno sopra l'altro.

«Sono romanzi di autori sconosciuti» continuò. «Io credo che un'occhiata potrà bastarle. Li porti a casa solo se le interessano.»

Avanzò in mezzo ai libri di una stanza: libri sul tavolo, libri negli scaffali, libri accatastati lungo le pareti, libri allineati e sporchi, libri sul calorifero e in un angolo, libri sparsi sul davanzale.

Posò i manoscritti sul tavolo. Sedendosi, allineò davanti a sé una penna, una gomma e un blocco di fogli bianchi patinati. Poi prese il primo manoscritto, estraendolo da una custodia di colore rosso. Aggiustò i fogli sciolti. Cominciò a leggere.

Un molo sul lago, lui e lei nella stanza, descrizione degli oggetti, amore, descrizione dell'albergo in una panoramica dall'alto, influsso della fotografia aerea, un albergo minuscolo su un lago immenso, si ritorna nella stanza, "lei abbassò improvvisamente gli occhi e gli disse", ancora qualche immagine, il lago che luccicava immobile, poi lui a piedi va dall'albergo in paese, lungo una strada rettilinea.

Non lesse per intero gli altri capitoli. L'azione si svolgeva sempre in albergo. La relazione a due diventava a tre verso la metà, finché in ultimo si formava la nuova coppia. C'era un taglio geometrico nei capitoli e alcuni dialoghi ricorrevano identici, associandosi sempre alle stesse immagini (la magnolia che saliva fino alla finestra, l'orizzonte del lago).

Scrisse: "L'errore, come quasi sempre, è nei fini. Qui il fine è di confermare un meccanismo erotico attraverso uno narrativo e viceversa". Cancellò "fini" e lo sostituì con "modelli".

Guardò verso la finestra; poi rilesse la frase e la cancellò. Scrisse: "La storia non interessa: è il solito triangolo". Ma questo non era vero: la storia interessava. Quali storie interessano se non le solite. Cominciò a scrivere: "Effetti statici, tra i film di Dreyer e i cataloghi di oggetti di Robbe-Grillet".

Le apparivano in sogno uomini con due falli e ogni volta lei indugiava a lungo nella scelta. Lo psicanalista le spiegava che il numero doppio compensava l'indifferenza del marito e che l'indugio alludeva al piacere, ma anche al rimorso per la compensazione che si stava prendendo. Era comunque evidente che queste compensazioni mentali non le bastavano e infatti a pagina 83 usciva in un viale alberato con un collega e a pagina 105 il tradimento era consumato.

Adesso sognava di essere inseguita da un lupo e lo psicanalista le spiegava che era una compensazione della colpa. Questi dialoghi interrompevano l'azione e si inserivano d'improvviso nel contesto: in un viaggio in treno, durante l'amore in un bosco, in una cena estiva sotto un pergolato.

L'autrice raccontava in prima persona. Il libro non aveva una conclusione, ma forse la conclusione era questo libro. Il tono era quello dimesso di una confessione.

Si intitolava *Ufficio del Personale* e lo schema era questo: ogni capitolo era intestato a un "impiegato in oggetto" e cominciava con il suo curriculum (luogo e data di nascita, stato civile, abitazione, grado, note di qualifica). Seguiva una parte narrativa, dell'autore, che faceva da contrappunto a quella burocratica: "L'impiegato in oggetto" si diceva nella prefazione "ridiventa così uomo".

"Personalità abulica e priva di interessi" era ad esempio un giovane che aveva ambizioni letterarie e si assentava spesso in gabinetto con un libro di poesie in tasca. Mentre le "ombre nella vita privata" di un ispettore erano rischiarate dai lampioni di un viale periferico di omosessuali.

Ma il tono era troppe volte in falsetto. L'autore, che probabilmente descriveva colleghi di ufficio, aveva inventato per loro cognomi grotteschi.

Scrisse: "Qualche volta si preferiscono i curriculum, redatti dal punto di vista dell'azienda".

Una cosa abbastanza insolita era che i menu in trattoria venivano trascritti con i prezzi. Il protagonista, assillato dalla scarsità di denaro, rifletteva a lungo prima di scegliere, valutando il gusto, il potere calorico e la spesa: era un peccato che il fritto di scampi fosse caro e le lasagne accessibili, ma scarse, *un piccolo parallelepipedo verde*. Si entrava in locali saturi di vapori e di odori e se ne usciva di soppiatto, dopo avere dato una mancia minima al cameriere. Si avanzava in androni semibui, si salivano scale sudicie, l'alba filtrava in stanze ammobiliate, il collega più anziano era sarcastico e reagire alle sue battute non era facile. Né mancava la prima prostituta, avvicinata in un vicolo in una notte di pioggia, e l'incerto piacere, consumato quasi per interposta persona. Questo era detto bene, con precisione, però era un ripetere quello che si sa, era come dire l'inverno viene dopo l'autunno.

L'autore sorrideva troppo di se stesso e chiedeva la complicità del lettore. Così diventava difficile accordargliela. Era una narrazione piana, inarrestabile, che poteva durare all'infinito.

"Spettabile Casa Editrice,
"nell'inviare questo mio primo romanzo mi permetto di fare presente alla Commissione di Lettura due punti a mio parere essenziali. Primo: nessuna illazione sull'io che narra (non sono io). Secondo: Proust. Sarei grato se non si facesse questo nome, che nel mio caso è il più facile e, ne sono convinto, il più falso."

«A che punto è il nostro lettore?» chiese l'editore sulla porta. «Andiamo a bere un caffè?»

Uscirono in un'aria carboniosa, filtrata da una pioggia impalpabile.

«Alla fine si perde il senso delle proporzioni» disse il lettore. «Ci si abitua anche ai testi scadenti.»

«Ahi» disse l'editore.

«Ma non tema che si diventi indulgenti. Semmai capita il contrario.»

Aggiunse:

«Gli errori scoraggiano e in ultimo si finisce col cercarli, per concludere prima.»

Entrarono in un piccolo bar e si accostarono al banco.

«Comunque» disse il lettore «anche dagli errori si impara. Contengono una verità fraintesa ed è questa che in fondo interessa.»

«Qual è l'errore più grave secondo lei?» chiese l'editore.
«Forse quello di porsi un fine sbagliato.»
L'editore scosse la testa:
«I risultati dipendono solo dai mezzi che uno ha.»
«Ma anche il fine è un mezzo per riuscire, non crede?»
Guardando verso la porta, aggiunse:
«Il problema non è solamente quello che si trova, ma quello che si cerca.»

Era ritornato nella stanza. Si sedette al tavolo e aprì un altro manoscritto. Riprese a leggere.

Che cosa dire a una classe che ti sta guardando. Questo era interessante. Come il fatto che il professore, all'inizio, guardasse altrove. Vedeva davanti a sé un muro da scalare e le prime parole erano suoni. Solo verso metà della lezione le parole acquistavano significato. Allora gli studenti lo guardavano e lui per la prima volta li fissava.
Anche le interrogazioni diventavano un tema importante. Chiedere le divinità del mondo antico o il significato di una iscrizione funeraria e dare un voto su questo.
L'autore qui non giocava né eludeva.
Questa parte però finiva presto. Il seguito si limitava a essere una parodia che mirava soltanto al suo bersaglio: la scuola Vittorino da Feltre di via Farneti.

C'erano alcuni errori precisi, ad esempio l'abuso di maiuscole. Il capufficio diventava il Capo e il figlio del protagonista il Figlio. Si viveva in un mondo di funzioni e non c'era speranza di uscirne.
Scrisse: "Qui non è la realtà a diventare un simbolo, ma il simbolo è l'unica realtà".
Cancellò la prima frase e il "ma". Perché mai la realtà dovrebbe sempre diventare un simbolo?
Lasciò scritto: "Qui il simbolo è l'unica realtà".
Il Grattacielo, il Cliente, l'Interprete.

Scrisse: "La vita sacrificata all'astrazione".

Ma qualche volta la vita si prendeva rivincite. Come quando apparivano, con la maiuscola, il Sole e la Luna e testi scolastici di geografia affioravano come ricordi imprevedibili nelle strade della città.

"Cinque anni di guerra visti da un soldato."

Ma già la parola "soldato" era un equivoco e allora le scrisse sopra la parola "uomo", poi cancellò anche questa: il narratore era soltanto un giovane che aveva cercato di sopravvivere alla guerra. E che cosa aveva visto? Il treno reclute che si allontanava dal paese in un pomeriggio di luglio senza nuvole, il cortile in pendenza della caserma, la nebbia che di notte alitava nella camerata da un vetro rotto, poi la luce inattesa della lampada e il volto del tenente che lo puniva. Al fronte aveva imparato solo questo: che un colpo era per lui la fine del mondo, ma il mondo continuava senza di lui.

Come tutti i memorialisti di guerra, in genere non sbagliava, perché il falso non aveva tempo di attirarlo. Leggendo: "Oggi, due luglio, parto per il fronte", non si dubitava che partisse. Ma si vedeva una fotografia ingiallita ai margini, un dagherrotipo.

Un uomo camminava in una stazione, entrava nei vapori di un bagno turco, poi titoli di giornale si alternavano a comizi, a listini di Borsa, a sequenze di film psichedelici, a cortei di protesta. Solleciti di pagamento erano seguiti da intimazioni di sequestro, da interurbane di affari, da tramonti, da filari di alberi su un fiume, da una cena con l'altra nel vano di una finestra semiovale.

"Ho cercato di dare un volto al nostro tempo" scriveva l'autore "e questo può spiegare il titolo, *L'Alienazione.*"

Ma il problema del narratore era più complesso: come ripudiare la moglie senza angoscia o sopprimerla senza pericoli. La moglie si sovrapponeva al Medio Oriente, alla fame nel mondo, alla rivoluzione.

"Un delitto sognato," scrisse il lettore "differito per un progetto letterario."

L'ultimo manoscritto era senza titolo ed era più voluminoso degli altri. Si poteva tentare il sondaggio ad apertura di pagina. Aprì a pagina 4 e le prime righe lo interessarono: "Nella via regnava un calore soffocante. La folla, la vista dei calcinacci, dei mattoni, delle impalcature ... L'odore insopportabile delle osterie, molto numerose in quella parte della città, e gli ubriachi che si incontravano a ogni passo, benché fosse un giorno di lavoro, finivano per dare al quadro un non so che di ributtante".

Ma, subito dopo: "I lineamenti fissi del nostro eroe ... chioma castana e occhi di colore scuro."

Sfogliò rapidamente il manoscritto. Cedimenti di tipo espressionistico ("Crucifiggimi, giudice; ma, crucifiggendomi, abbi pietà di me!") si alternavano a momenti di tensione ("Il cuore gli batteva con violenza. Ma la scala era completamente silenziosa").

Benché l'ambientazione slava disturbasse, era difficile liberarsi da certe immagini, intense, visionarie, della città: i crepuscoli, la folla, le strade. I sogni erano raccontati con una precisione che sembrava presa da Freud: "Ecco ora il suo sogno: egli segue con suo padre la strada che conduce al cimitero; entrambi passano davanti al cimitero".

Si alzò e andò verso la finestra. Guardò fuori dai vetri la nebbia lattiginosa, poi ritornò al tavolo e si sedette.

Riaprì a pagina 30: "Ho cercato la tristezza, la tristezza e le lacrime in fondo a questo bicchiere, e ve le ho trovate, le ho assaporate".

Richiuse il libro.

«Niente?» chiese l'editore alzando gli occhi.

«No» rispose il lettore sedendosi.

Aggiunse:

«Solo l'ultimo mi lasciava qualche dubbio.»

«In che senso?»

Il lettore esitò.

«C'è una certa atmosfera» disse. «E anche alcune immagini che colpiscono.»

«Ma le sembra da pubblicare?»

«No» rispose il lettore guardandolo. «Non convince. Ci sono molti errori, molta enfasi. È un autore che va tenuto d'occhio per il futuro.»

«Me lo faccia vedere.»

Il lettore gli porse il manoscritto e l'editore lo guardò sorpreso.

«Ma questo non doveva giudicarlo» esclamò. «Come mai è finito in mezzo agli altri?»

Il lettore aprì le braccia:

«Non lo so.»

«Non mi dica che non si è accorto che è una traduzione.»

«No» rispose il lettore fissandolo. «Non l'ho capito.»

Aggiunse:

«Questa mattina sono molto stanco.»

Chiese:

«Di quale opera?»

L'editore lo guardava incredulo:

«Ma è *Delitto e castigo*» disse.

1971

Una serata di musica

Quando avevo diciotto anni, mi veniva a volte il dubbio che non sarei mai morto. Stavo così bene. Il mio corpo cresceva, le mie cellule si moltiplicavano. Sulla tappezzeria azzurra vicino al letto i segni a matita che corrispondevano alle variazioni di statura salivano come i gradi di un termometro. Già avevo superato il metro e ottantatré ed ero il *pivot* nella squadra di pallacanestro della classe: un po' lento, ma irraggiungibile nei tiri alti. La mattina al risveglio, dopo nove ore di sonno, sentivo nelle gambe il sangue che circolava caldo.

La crescita del mio corpo subì un arresto dopo gli esami di maturità. I segni a matita cominciarono a sovrapporsi e le variazioni erano dovute solo a mio fratello che, appoggiando la riga sopra la mia testa, non riusciva a tenerla perpendicolare alla parete.

«Basta, non cresci più» mi disse un giorno, annuendo con aria grave. «Quando ci si ferma alla tua età, è finita.»

Avevo appena sei anni meno di lui, ma, dicendo "alla tua età", mi guardava da una distanza remota.

Una delle sue ambizioni era di invecchiare. Si era lasciato crescere una lunga barba, che si accarezzava con la destra, come il cardinale Massaia in una stampa di *Viaggi ed esplorazioni*. E per la strada camminava leggermente curvo, le mani affondate nelle tasche della giacca, la testa reclinata da un lato. Diceva spesso, senza una ragione apparente:

«Mah!»

allargando le braccia; e la sua reazione tipica, quando qualcosa lo attraeva, era di tacere sorridendo e poi di mormorare dopo una lunga pausa:

«Interessante.»

Anche questa volta, scrutando la parete, disse:

«Interessante»

e aggiunse:

«Hai finito di crescere.»

«Non si sa» gli risposi. «Lo dici tu.»

«Vedrai» disse, stringendo le labbra.

In effetti non crescevo più. Al massimo potevo constatare, appoggiandomi al muro come una sentinella, che la statura al mattino era superiore a quella della sera.

«Ora comincerai a diminuire» aggiunse mio fratello.

«Come?»

«È fatale» rispose. «La natura non si ferma e ormai le resta soltanto il processo contrario.»

«Tu esageri sempre» esclamai. «Parli di invecchiamento alla mia età.»

«Naturale» mi disse calmo. «Guarda anche i capelli. Cominciano a caderti.»

Li protessi istintivamente con la mano e gli impedii di osservarli da vicino. Ma da allora cominciai a temere per il mio corpo. Migliaia di cellule nervose, mi diceva mio fratello, si estinguono ogni giorno nel cervello. Del resto la mia memoria non era più la stessa. Scoprii che i primi nomi a dissolversi sono quelli di persona. E gli atleti non cessavano forse la loro attività da un mese all'altro? Misuravo le mie pulsazioni nella piscina all'aperto, dopo avere percorso a nuoto due vasche: erano centoventi al minuto, contro le centodieci dell'anno precedente. Un giorno che gocciolavo immobile sul bordo, le tempie che mi battevano, le braccia penzoloni, mentre rabbrividivo al vento che faceva tremare le foglie dei pioppi, sentii che anch'io sarei morto. Mi stavo ormai abituando a questa idea, e anzi risparmiavo le energie appena potevo, persino negli allenamenti pomeridiani di pallacanestro, quando avvenne un fatto che ci sconvolse: nostro fratello minore, mentre subiva l'asportazione delle tonsille, morì sotto l'anestesia.

Era luglio avanzato e ricordo la scalinata accecante della clinica Salus, dove eravamo in attesa di nostro padre per comunicargli la notizia. Nostro fratello, trasportato a casa, fu posato sul suo letto. La stanza era piena di gigli profumati e qualcuno provvide a installare due ventilatori perché non marcissero. Anche il viso di nostro fratello si stava alterando.

«Non è possibile» ripetevano gli altri. Ma non c'è come la presenza di un cadavere in casa per fare apparire reale la morte e irreale tutto il resto. Ci appariva invece ingiusto che fosse morto lui, che aveva sedici anni, e non la nostra vicina, che ne aveva novantuno.

Per alcuni giorni camminammo in un mondo assurdo. La sera andavamo ai giardini pubblici vicino a casa nostra e guardavamo in silenzio i passanti che si aggiravano sulla ghiaia. Sulla città gravava una umidità enorme. In quel mese ci furono numerosi decessi per il caldo e casi di insolazione e di pazzia. Queste notizie ci davano uno strano, ma innegabile conforto. Ce le additavamo sui giornali, in un silenzio di solidarietà intensa. Anche le cronache dei delitti ci procuravano sollievo. «Bene» diceva mio fratello, ripiegando il giornale.

Fu in quel periodo della nostra vita che andammo una sera a un concerto di chitarra: lo teneva un solista famoso, Alvise Torres, al circolo spagnolo di cultura, sopra i portici di corso Umberto I.

Entrammo in una sala minuscola e spoglia, dove una pedana di legno, accostata al muro, era circondata da sedie. Pochi spettatori anziani erano seduti qua e là e si facevano aria con i programmi del concerto; altri avevano preso posto nei vani delle finestre, dove salivano le luci e i suoni del passeggio sottostante.

«Il concertista è troppo vicino al pubblico» disse mio fratello scuotendo la testa, mentre ci sedevamo in terza fila. «Non senti che caldo?»

Ci togliemmo la giacca, presto imitati dagli altri, eccetto uno spettatore anziano completamente calvo, che ci fissava.

A un tratto, sulla soglia, apparve Torres.

Piccolo, grasso, con un abito nero, guardò allibito, con occhietti febbrili, la sala semivuota e subito sparì.

« Hai visto com'è deluso?» mi chiese mio fratello. «Non c'è pubblico.»

Contò gli spettatori e aggiunse:

«Siamo in sedici.»

«No, in diciassette» risposi; era entrata un'altra signora anziana.

«Diciotto» disse mio fratello; un altro vecchio si era seduto in prima fila e aveva appoggiato il bastone alla gamba destra.

«Qui l'età media è di settant'anni» disse mio fratello.

Poco dopo dalle scale salirono voci confuse, finché una piccola folla di nuovi spettatori si affacciò sulla soglia.

«Che cosa è successo?» chiese mio fratello a una signora seduta davanti a noi.

«Hanno sbagliato l'annuncio sul giornale» rispose lei voltandosi a metà. «Li hanno fatti andare alla Rotonda Manzoni.»

«Grazie» disse mio fratello.

Poi mi sussurrò:

«Hai visto che faccia incartapecorita?»

«Sì.»

«Quanti anni le dai?»

«Ottanta.»

«Non meno» annuì. «Ha il viso tutto coperto di macchioline marrone. Sai come le chiamano?»

«No.»

«Fiori di cimitero.»

«Ah» risposi.

Torres riapparve per un attimo, più eccitato di prima: la sala adesso era troppo affollata, nuovi spettatori si erano allineati lungo le pareti e altri premevano per entrare.

L'afa era aumentata di colpo.

Poco dopo un signore con la cravatta, intimando «Largo!» con le braccia alzate, salì sulla pedana:

«Signori!»

Nessuno abbassava la voce e lui la alzò:

«Signori!»

Il brusio diminuì.

«Diamine!» esclamò. «Signori.»
«Signori» ripeté.
La sala era diventata quasi silenziosa.
«Signori» disse. «Vi prego.»
Respirò:
«Ci scusiamo che la sala e l'acustica siano inadeguate. Ma il concerto deve incominciare.»
Esitò, abbassando la voce:
«Solo che qui manca l'aria. Vogliamo aprire le finestre?»
«Sì!» gridarono alcuni spettatori in punti diversi. Subito le finestre furono spalancate, tra rumori di sedie che cadevano.
Torres riapparve con la chitarra, evidentemente alterato, e salì sulla pedana. Uno sconosciuto si chinò a confortarlo. Torres guardava davanti a sé, ansimava.
«È un tipo collerico» disse mio fratello. «Guardagli le vene del collo.»
Torres si asciugò la fronte, mentre qualcuno applaudiva. Fece un cenno al signore con la cravatta, che si precipitò ad ascoltarlo:
«Sì, maestro.»
Il signore si volse poi agli spettatori:
«Il maestro non può suonare se il pubblico gli sta così vicino. Vogliano arretrare.»
Quando il frastuono delle sedie diminuì, Torres appoggiò il piede sinistro sul predellino e accordò la chitarra. I suoi occhi lampeggiavano. Infine alzò la testa, luccicante di sudore, verso il pubblico.
Attese che si facesse silenzio. La signora ottuagenaria davanti a noi tossì due volte e poi ancora una. Torres la fissava. Lei si mise un fazzoletto sulla bocca, mentre le sue spalle sussultavano. Alla fine restò completamente immobile e Torres incominciò, ma sbagliò un accordo. Lo vedemmo piegarsi sullo strumento e, mentre continuava a suonare, accostare il viso alle corde.
Era a metà del primo preludio di Sor, quando dal bar salirono le note di un pianoforte. Torres continuò. Molti voltavano il capo verso le finestre, uno, con voce soffocata, ordinò:
«Chiudere!»

Un altro fece:
«Psss!»
Torres, sollevando appena poteva gli occhi verso le finestre, stava accelerando l'esecuzione, in lotta contro il tempo. Ma quando una signora si levò a sprangare una finestra, lui rialzò di scatto la testa, come un ciclista al termine della volata, e appoggiò le palme alle corde, che cessarono di vibrare. Sorrise.
«*No es posible*» mormorò.
Uscì con la chitarra in corridoio, accompagnato da applausi e da grida di «Bravo!».
Allora sprangammo tutte le finestre e facemmo più spazio intorno alla pedana. Torres fu convinto a rientrare. Ci guardava socchiudendo gli occhi, mentre ci addossavamo gli uni agli altri. Infine, in un caldo soffocante, riprese a suonare. Suonò con veemenza Bach, Albeniz e Villa-Lobos. Ma l'aria era diventata irrespirabile. Si udì qualcuno armeggiare intorno a una finestra, per cercare almeno di socchiuderla.
L'ottuagenaria agitava un ventaglio sul viso della vicina, che ci rimaneva nascosto dalla mantiglia.
«Come ti senti?» le ripeteva.
Appariva sempre più agitata:
«Vuoi uscire?»
A un tratto lanciò un grido e si precipitò verso la vicina, che stava cadendo. Mio fratello, protendendosi in avanti, fece in tempo ad afferrarla sotto le ascelle e a reggerla.
«Mamma!» invocò l'ottuagenaria.
A questa rivelazione mio fratello abbassò gli occhi sul viso dell'altra donna, un reticolo terreo di rughe profonde. Poi si voltò verso di me e, annuendo grave, convinto, mi disse:
«Morta!»
e la lasciò cadere tra le braccia della figlia.
«Mamma!» urlò questa.
Invece la donna aveva riaperto gli occhi.
«Si sta riprendendo» disse uno.
«Non è niente, è uno svenimento» disse un altro.
Mio fratello mi fece cenno di allontanarci.

La gente si accalcava verso l'uscita, ma qualcuno cercava di aprirsi un varco verso il gruppo della donna.

«È morta?» chiesero a mio fratello sulla soglia.

«Non ancora» disse sorridendo. «È viva.»

Camminavamo in corridoio e dalle scale saliva l'aria fresca.

1978

Avari

Il primo inatteso, oscuro presentimento lo provai all'uscita dal bar sull'autostrada, quando lui mi si avvicinò alle spalle e mi chiese:

«Perché hai lasciato la mancia? ti sembra che ci abbiano servito bene?»

Allargai le braccia:

«Normalmente.»

«E allora perché la mancia?»

«Ma erano duecento lire. Io la lascio sempre.»

«E dividiamo anche queste?»

Mi fermai imbarazzato.

«Ma non so» dissi. «Se amministro io la cassa comune, vorresti che tenessi un conto a parte per le mance? E perché poi, per rimborsarti?»

«Naturale» rispose. «Io disapprovo le mance.»

Aveva pronunciato queste ultime parole con una inconsueta tensione della voce e dello sguardo.

«Sempre?» gli chiesi.

«Sempre!» esclamò. «È per principio.»

So che "per principio" un uomo è capace di qualsiasi cosa, tranne che di modificarlo. Perciò dissi:

«Va bene. Le mance le pagherò io.»

«Come vuoi.»

Scambiai una occhiata fugace con mia moglie, poi, nel timore che il suo sguardo fosse troppo espressivo, fissai il cofano dell'automobile.

«Ripartiamo?» mi chiese lui.

«Sì.»

Ma la serenità che era riapparsa sul suo viso era sparita dal mio. Quella euforia che ci prende all'inizio di ogni viaggio, pensando a quello cui andiamo incontro e soprattutto a quello che ci lasciamo alle spalle, si era trasformata in apprensione.

Allo svincolo di Ancona, dove scendemmo a sgranchirci le gambe e lui, sua moglie e il bambino ci precedevano di qualche passo, io sussurrai a mia moglie, con una inflessione quasi disperata che mi sorprese:

«È avaro!»

«Anche lei.»

«Quando te ne sei accorta?»

«Al bar.»

Fissavo il sole rossastro che tramontava tra i filari di un vigneto.

Mormorai:

«Com'è possibile che non ce ne siamo accorti prima?»

«Non cominciare con le recriminazioni.»

Stavano tornando verso di noi.

«Pensavamo che la prima sera del viaggio era bene stare un po' leggeri» disse lui. «Voi avete appetito?»

«Molto» risposi.

«Ah!» disse lui con aria delusa. «Comunque per noi va benissimo anche una trattoria modesta.»

Quando, due ore dopo, nella trattoria Il Pirata, sotto un pergolato della costa, mi vide mangiare, divenne inquieto.

«Che cosa è per te il cibo?» mi chiese a un tratto.

«Quasi tutto» risposi.

«Ecco, ho appunto questa impressione» disse, cercando di sorridere. «Non credevo che tu fossi così.»

Aggiunse, con un tremore nella voce, mentre acuiva lo sguardo in direzione del mio piatto:

«Mangiare per vivere, non vivere per mangiare.»

Mi versai un po' di olio sul piatto. Eppure avevo frenato la mia gola, avevo aderito, benché con riluttanza, alla sua proposta di saltare l'antipasto di pesce. Però quando aveva suggerito di saltare anche il primo, avevo rifiutato.

«Ma tu hai voglia di contraddire!» aveva esclamato.

«No, di mangiare!»

«Allora mangio anch'io» aveva concluso, dopo un attimo di esitazione, dando una occhiata a sua moglie.

«Allora anch'io» aveva detto lei.

L'angoscia di finire per pagare più di quanto consumassero trapelava dai loro visi sudati, rischiarati da una finta lampada a petrolio, che pendeva sul loro capo. Abituati, come tutti gli avari, a mangiare poco a casa e molto fuori, purché ospiti, non sapevano come fronteggiare la situazione imprevista. Il mio appetito infatti stava aumentando. Mai come quella sera sperimentai la verità del detto: "L'appetito vien mangiando".

Dopo il trancio di pesce spada chiesi al cameriere, che mi stava ritirando il piatto:

«È fresca l'orata?»

«Non esagerare» mi disse mia moglie.

«Pescata nel pomeriggio» rispose il cameriere.

«La prendo» dissi.

Gli restituii la lista, osservando di sfuggita la coppia che mi stava di fronte, senza osare fissarla. Il loro sguardo era diviso tra l'indignazione e l'odio.

Mangiarono l'orata. Poi io scelsi il formaggio e loro il formaggio, io la torta di noci e loro il gelato, io l'ananas e loro la macedonia di frutta, io il caffè e loro due digestivi.

Alla fine erano prostrati e sgomenti. Si alzarono barcollando, solo il bambino era euforico, ma uno strattone della madre lo riportò alla realtà.

All'albergo lui disse:

«Una camera matrimoniale.»

«Sì» annuì il portiere, dandogli una chiave. «La numero dodici, primo piano.»

Lui accennò ad avviarsi, poi, come se si fosse ricordato solo allora di un dettaglio, si fermò e aggiunse:

«E un lettino.»

Il portiere alzò il capo dal registro:

«Ma vuole una matrimoniale o una a tre letti?»

«No, una camera matrimoniale. Più un lettino.»

Era leggermente imbarazzato, ma la moglie lo rincuorava con uno sguardo impavido.

«E chi è il terzo?» chiese il portiere.

«Eccolo» disse la madre sospingendo il bambino, che fino a quel momento aveva tenuto semioccultato alle sue spalle.

Il portiere lo guardò un po' stupito, poi esclamò:

«Un'altra volta ditemi una camera a tre letti, così ci intendiamo.»

Gli diede la chiave numero 18. Lui allargò le braccia, rassegnato.

«Buona notte» ci disse e si avviò, ciondolando, la statura altissima, sulle scale.

Appena fummo in camera attaccai mia moglie:

«Sei stata tu a volere un viaggio con una coppia di avari!»

«Naturale, la colpa è sempre mia.»

«Sì» esclamai, ma senza convinzione, lasciandomi cadere sul letto.

Ci mancava anche l'energia per litigare. Avevamo già fatto, sette anni prima, l'esperienza di un viaggio con un avaro e la ricordavamo con angoscia. Ma lui almeno era solo. E se era vero che un avaro, come ha scritto Kafka, è prima di tutto un infelice, una coppia di avari è un mostro a due teste che pensano ininterrottamente a una cosa sola.

«Hai visto il bambino» aggiunsi. «Quando costa lo sopprimono.»

La mattina, nella piccola sala luminosa della prima colazione, li aspettammo a lungo. Alla fine comparvero, il viso sciupato, gli occhi rossi.

«Che cosa vi è successo?» chiese mia moglie.

«Siamo stati male di stomaco» rispose lui, toccandosi il petto e sedendosi accasciato. «E voi?»

«Noi benissimo.»

«Noi è come se avessimo saltato la cena, capisci?» aveva

appoggiato la fronte sul palmo. «Con tutto quello che avevamo mangiato.»

Anche sua moglie era costernata.

Dopo una pausa lui aggiunse:

«Abbiamo pensato che è meglio fare conti separati. Noi abbiamo altre abitudini.»

«Sì» annuii.

Questa ammissione reciproca produsse un effetto inaspettato: anziché avvicinarci, ci allontanò sempre di più; viaggiavamo chiusi nell'automobile in un silenzio teso, interrotto da frasi banali recitate a turno per consentire agli altri di mantenere inalterato l'odio.

Ci chiesero di evitare qualsiasi deviazione, anche minima, dal percorso che avevamo progettato un mese prima: «per coerenza» spiegò lui, rosso in viso; ma mia moglie, mentre salivamo le scale della casa di Raffaello, a Urbino, mi sussurrò:

«È per i soldi della benzina!»

«Ecco!» esclamai.

Lei aggiunse:

«Tu per immedesimarti in loro devi moltiplicare i prezzi per dieci.»

«Come?» domandai, fermandomi ansante.

«Devi aggiungere sempre uno zero. Per esempio quanto costava il biglietto di ingresso?»

«Cinquecento lire.»

«Invece per loro era cinquemila, anzi, in due, diecimila. Per questo sono rimasti fuori.»

«Sì, hai ragione» ansimai. «Proviamo a decuplicarli anche noi.»

Per un giorno vivemmo in un mondo in cui le bibite costavano migliaia di lire e i pasti centinaia di migliaia: e come loro trovammo normale sopportare la sete in attesa delle fontane e mangiare panini imbottiti. Ma dopo due giorni ero allo stremo. Con un viso che l'esasperazione aveva reso quasi sereno, dissi:

«Basta, questa sera andiamo al ristorante.»

Lui impallidì:

«Ma tu sei proprio vittima delle convenzioni.»

Nei due giorni successivi, all'ora di pranzo, lo vedemmo cadere in una sorta di letargo: non voleva più uscire dall'automobile, dove stava tutto rannicchiato, come un bambino, balbettante. Sua moglie, imbarazzata, si chinava ogni volta a confabulare con lui, mentre noi aspettavamo. Io provavo una sensazione di disagio e vergogna.

Il terzo giorno, al tramonto, mentre stavamo sdraiati su un prato falciato, in un paesaggio dolcissimo, gli occhi fissi in alto, lui mi chiese:

«E se tornassimo prima?»

«Sì» gli risposi, sollevandomi sui gomiti. «Forse è meglio.»

«Ah, sei d'accordo» annuì con voce fioca, continuando a guardare il cielo. «Ti dirò che viaggiare con voi è difficile.»

«Ah!» risposi.

«Sì» proseguì. «Tu non hai in mente che consumare.»

«Che spendere, vuoi dire.»

«Già» esclamò con amarezza. «Volevo dire proprio questo.»

C'era una grande pace nella campagna, immersa nella luce del crepuscolo, e i rumori dell'autostrada, in lontananza, arrivavano affievoliti.

«Io non ti capisco» continuò. «Tu vivi su un altro pianeta.»

«Io?»

«Sì» rispose lui quieto. «Vuoi sempre qualcosa, non ti basta niente.»

Tornai a sdraiarmi, le mani sotto la nuca.

«E poi perché sei sempre così aggressivo con me?» aggiunse. «Tu non lasci vivere.»

«Ma il tuo, è un vivere?» gli chiesi, senza spostare la testa.

Lui si sollevò.

«Che cosa vorresti dire?» esclamò. «Chi ti autorizza a giudicare? Che presunzione hai?»

«Non agitarti» lo guardai. «Io parlavo anche nel tuo interesse.»

«No, tu parli nel tuo. Che cosa ne sai del mio? Che cosa sai di quello che mi passa per la mente?»

Annuii calmo:

«Certo io non riesco a immedesimarmi in te.»

«Ma chi ti chiede di farlo? Ti pare?»

«Sì.»

«Io non cerco di immedesimarmi in te» continuò. «Non credi che convenga rassegnarsi?»

«Già. Solo non ho capito perché hai fatto questo viaggio. Forse tu volevi un'altra cosa.»

Guardavo il pulviscolo filtrato dagli ultimi raggi.

Aggiunsi:

«In un certo senso tu viaggi per ritornare.»

Abbassò la testa:

«Forse è vero. Ma adesso,» mi guardò «torniamo veramente?»

«Sì» mormorai. «Torniamo.»

1978

Goloso

Era a dieta dimagrante da molti anni o almeno da molti anni lo andava dicendo, anche se mai nessuno ne aveva constatato gli effetti: di profilo faceva pensare a un emisfero, e di fronte l'adipe aveva finito per dilatargli e uniformargli il viso.

Esile e gracile nell'adolescenza, teneva nel portafoglio una fotografia di quel periodo: un ragazzo scarno, in costume da bagno, scendeva cauto da uno scoglio appuntito per calarsi in mare.

«Lo riconosci?» chiedeva, mostrando la fotografia al suo interlocutore.

E quando l'altro, dopo una occhiata di sfuggita, lo guardava incredulo, aggiungeva con un sorriso, tra l'orgoglio e la malinconia:

«Sì, sono io.»

Poi, riponendo la fotografia nel portafoglio, diceva:

«Ora sono a dieta.»

«Da quando?»

«Da lunedì» rispondeva.

Oppure:

«Da giovedì.»

Non si andava mai oltre la settimana, ma l'interlocutore, ignaro, commentava:

«Mi sembra un'ottima idea.»

Se poi a distanza di tempo si rivedevano e l'altro gli diceva che il peso gli sembrava lo stesso, rispondeva:

«È vero. Comunque non è aumentato. La dieta serve anche per questo.»

Aveva però dovuto arrendersi a un'altra evidenza: che il peso, con il passare degli anni, non è mai lo stesso. È come l'intelligenza o il vino: o migliorano o precipitano. Solo che il suo, anziché precipitare, saliva. Il quintale, limite a trent'anni considerato invalicabile, era stato superato verso i quaranta; e quanto, prima, aveva temuto il suo avvicinarsi, tanto, poi, il suo allontanarsi: gli ricordava il passaggio di un pianeta in un film di fantascienza. Forse perché una sera d'estate, mentre guardava nella vetrina di un libraio il suo ventre che premeva contro la giacca, l'aveva contemporaneamente attratto un titolo di astronomia: *L'universo in espansione*. Quello che lo atterriva non era che toccasse nuovi limiti, ma che apparentemente non ce ne fossero.

Da giovane aveva contato sulla distinzione linguistica tra *grosso* e *grasso*, poi l'alibi, a poco a poco, si era dissolto, anche perché gli altri gli riservavano solo il secondo aggettivo, tranne qualche suo impiegato. Ma in quest'ultimo caso provava un senso di fastidio; gli ritornava in mente il personaggio di un romanzo francese, tenutario di una casa di malaffare, che a un adulatore che gli diceva: «Ci vediamo nel suo teatro» aveva risposto: «Lo chiami bordello, la prego».

Il passaggio all'aggettivo *obeso* fu però doloroso e quasi insopportabile. Lo sentì usare per la prima volta da un clinico anziano, al termine dell'auscultazione del cuore, vicino alla pancia nuda, enorme, che si sollevava lentamente, come un mantice nella penombra. Il clinico, rialzandosi, gliela indicò:

«Lei ha una sola malattia, ma grave: è obeso.»

E mentre lui, arrossendo, diceva:

«Sì, dottore»

l'altro continuò:

«Deve calare di almeno trenta chili.»

«Sì.»

Lasciandosi scivolare dal lettino e cercando di infilarsi nei pantaloni, chiese:

«E come faccio?»

«Semplice. Deve mangiare un quinto di quello che mangia attualmente.»

Uscì dallo studio del medico su un viale autunnale, ricoperto di foglie rosse. La sera era ventosa e lui sgomento. Una prostituta seria e monumentale era in attesa sull'angolo, sotto una mezzaluna diafana. La oltrepassò senza guardarla, per non darle la modesta illusione che lo attraesse, finché rallentò progressivamente l'andatura e tornò verso di lei.

Quando entrarono nella stanza a fiori gialli e lei si slacciò il busto, i seni dilagarono sul ventre. E quando si tolse la gonna, anche il ventre dilagò, ma, privo com'era di sostegno, pendeva. Le cosce, deformate dalla cellulite, si avvitavano in alto in due capitelli. Affascinato e atterrito da quello spettacolo mostruoso, si sentì improvvisamente debole sulle gambe e, sedendosi su una poltrona davanti al letto, pensò:

"E adesso, che cosa faccio?".

Lei alzò lo sguardo su di lui:

«Non ti spogli?»

«No.»

«Ah» annuì. «Preferisci guardare.»

«Sì.»

Lei finì di spogliarsi e restò nuda. In piedi, poliedro di carni, era la copia vertiginosamente fedele di un quadro che aveva visto all'inizio dell'anno, alla mostra degli espressionisti tedeschi. Il quadro mosse a passi lenti verso di lui. Ma la cosa che più lo ferì fu la frase, di una volgarità vera, che lei gli mormorò, sedendosi con le natiche poderose sulle sue ginocchia fin quasi a soffocarlo nell'abbraccio:

«Tra pance ci si intende.»

La sera non mangiò. Si sdraiò sul letto, gli occhi al soffitto, la mano destra sul ventre. Tre anni prima il corpo formava una linea orizzontale: invece adesso il ventre si arrotondava come quello di una donna gravida. Disse ad alta voce:

«Basta.»

Basta con gli sguardi puntati sul suo corpo, nei salotti, dove gli altri seguivano, fingendo distrazione, la sua lotta contro la forza di gravità, che lo faceva piombare nella poltrona, quando si sedeva, o inarcarsi con una contrazione del viso, quando si levava. Una volta che aveva cercato di alzarsi da un divano, per accostarsi a una donna che stava corteggiando, forse non inutilmente, era stato come trattenuto da una forza invincibile, che lo aveva fatto ricadere. E in quante altre occasioni aveva desistito. Perché aveva dovuto arrendersi alla constatazione che un uomo, se è magro, è un uomo, mentre se è grasso, è un grasso.

La mattina non mangiò e neanche a mezzogiorno. Non gli era mai successo. Il massimo cui era arrivato era stato di saltare un turno tra un pranzo abbondante e il successivo.

La sera, uscendo dall'ufficio, vagò in mezzo alla folla, nell'aria chiara. I negozi, al di là delle lenti, fluttuavano luccicanti, sospesi. La debolezza lo prostrava. Infilò il dito nel colletto della camicia e riuscì a farne il giro. Stava riacquistando il collo. Prima la testa emergeva da una base conica, che ora ritornava un cilindro.

Si fermò davanti alla pasticceria La Favorita. Una delle commesse, riconoscendolo, gli fece un cenno. Lui sorrise, ma non entrò. Restò a testa bassa davanti alla vetrina, dove una torta di meringhe diffondeva una sorta di refrigerio bianco tra i boeri con il pennacchio, specialità del locale, e una cascata di marron glacé su foglie vere. Chiuse gli occhi e vide, come in una immagine fulminea e labile, se stesso inginocchiato a braccia aperte, davanti alla vetrina. E mentre si allontanava dal negozio, si sentì stranamente puro, come da ragazzo, quando si preparava alla prima comunione.

La sera non riuscì ad addormentarsi.

Sfinito dal languore si alzò dal letto e brancolando nel buio spalancò il frigorifero: nel suo cono di luce sedette sul pavimento, le gambe incrociate, il ventre che toccava le piastrelle gelide. Addentò un pezzo di formaggio, poi, con un ansimare che divenne quasi un gemito, un'ala di tacchino. Stava distruggendo i benefici della dieta, afferrò un cioccolato nero e ne staccò un morso. Le narici gli si erano dilatate, mai aveva avuto un olfatto così sensibile, era tutto il giorno che sentiva odori. Masticò un'altra striscia della tavoletta e, nel timore di lasciare il resto, lo mangiò. Poi aprì una scatoletta di ananas e divorò tutti gli anelli. Bevve il liquido zuccherato della latta. Infine, scuotendo la testa, barcollando, tornò a letto e si addormentò di colpo.

La mattina, attanagliato dai crampi e dai rimorsi, decise di iscriversi a un corso di ginnastica dimagrante. Per tre mesi visse in un branco di corpi pingui, guidati da uno psicologo insinuante e inflessibile, che sorrideva prima di parlare. A lui aveva detto:

«Si è mai chiesto perché è obeso?»

Lui aveva azzardato:

«Forse per le carenze affettive...» ma l'altro lo aveva interrotto con un gesto:

«Ah no! Mi risparmi queste cose.»

Fissandolo negli occhi con uno sguardo duro, aveva aggiunto:

«Qual è il suo problema?»

Lui aveva balbettato:

«Vorrei saperlo»

ma l'altro, scuotendo la testa, aveva continuato:

«Il problema è a monte.»

Ma il problema era tanto a monte che, a mano a mano che risalivano, sembrava retrocedere.

Riuscì a dimagrire ventidue chili. Gli amici e i conoscenti lo incoraggiavano, stupiti che per la prima volta calasse veramente. Lui li ascoltava paziente, con un sorriso esangue; e, con una voce che la dieta aveva affievolito, diceva:

«Questo è solo il principio.»

Uscendo al tramonto dall'ufficio e camminando per le strade, lungo le friggitorie, le enoteche, le pasticcerie, si sentiva un orfano. E passando davanti ai ristoranti, alle trattorie con pergolato, alle locande accoglienti, pensava che quelli erano i luoghi dove aveva vissuto la sua felicità, anzi dove l'aveva consumata. E adesso, a mano a mano che perdeva il peso, si sentiva come spogliare di un involucro caldo, che lo proteggeva.

Quell'inverno era gelido e le strade, con le pozzanghere ghiacciate, sembravano piene di vetri spezzati.

Pativa di più il freddo, cominciava ad avere paura per la sua salute.

Espresse i suoi timori al clinico, che lo confortò:

«Ancora tre chili, poi basta. Abbiamo raggiunto la quota di sicurezza.»

Forse fu anche per questo che, quando ebbe un attacco di cuore, allo scalo Farini, provò stupore. Sentì che aveva sbagliato qualcosa nella sua vita, ma non sapeva che cosa né se avrebbe fatto in tempo a rimediare. E al medico che lo assisteva quando riaprì gli occhi, al pronto soccorso, chiese:

«Ma è così che si muore?»

«Be'» sorrise il medico. «È anche così. Ma non è il suo caso.»

E così morì.

1978

PARTE QUARTA

Viaggio di ritorno

Il suo compito era questo: ottenere dalla vedova dello scrittore l'autorizzazione a pubblicare il diario dello scomparso. Si sussurrava che la riluttanza di lei fosse dovuta a ragioni private, perché forse il defunto aveva vissuto, dopo i sessantotto anni, una storia d'amore. Il diario alludeva, con la iniziale A, a una donna amata e si poteva ragionevolmente escludere che si trattasse della moglie. La scrittura, minuta e chiara, lasciava trasparire incontri al caffè, sorrisi, attese, immagini di una felicità tardiva e ansiosa. Un amico di famiglia, dopo averlo letto, aveva alzato gli occhi sulla vedova e annuito con un sospiro, non si capiva se di solidarietà con lei o con il defunto. Ne aveva poi accennato all'editore, socchiudendo gli occhi, con pause piene di tatto. E l'editore aveva pensato che inviarle in avanscoperta un redattore giovane e sconosciuto non pregiudicava ulteriori tentativi e forse poteva dare qualche frutto. Congedandolo gli aveva detto:

«Soprattutto lascia parlare lei. Chi ha vissuto con uno scrittore non immagini come ne abbia bisogno.»

Ripensava a queste parole mentre l'ascensore lo trasportava al sesto piano. Uscì su un pianerottolo ampio. Si toccò il nodo della cravatta e suonò alla porta di destra. Una donna minuta, scarna, aprì quasi subito. Mormorò:

«Lei è Carlini, vero?»

«Cardini, signora» rispose lui, inchinandosi leggermente.

«Oh, mi scusi!» esclamò la donna, scostandosi per farlo entrare. «Mi sbaglio sempre con i nomi.»

Lo precedette in uno studio in penombra, il pavimento ricoperto da tappeti e le pareti da librerie a vetri che salivano fino alla cornice del soffitto. Aprì le persiane scorrevoli della finestra e una striscia di luce, filtrando il pulviscolo, divise la stanza. Lei si sedette dietro una scrivania, e gli indicò una poltrona di cuoio nero.

«Come è giovane!» mormorò disorientata, mentre lo guardava sedersi. «Ma lei conosceva mio marito?»

«No, signora. Mi dispiace. Però conosco i suoi libri. Qualcuno, almeno.»

«Ah sì?» Continuava a osservarlo con una trepidazione delusa: «E quali?».

Lui allargò le braccia:

«L'ultimo, *Destinazione ignota.* Mi è piaciuto molto.»

«Già» annuì lei. Dopo una pausa aggiunse:

«Pensi che era convinto fosse un libro sbagliato. A cominciare dal titolo, lui voleva chiamarlo *Viaggio di ritorno.* Però l'editore gli scrisse che era un titolo malinconico. Lei che cosa ne pensa?»

Lui rifletté, poi abbassò la testa:

«Forse è meglio *Viaggio di ritorno.*»

«Anch'io lo preferisco, vede» assentì lei. «Però è difficile dimostrare agli editori che sbagliano, perché non c'è la controprova. E loro sono abituati a darsi ragione da soli. Ma anche per questo diario, non so se l'abbiano.»

Lui rialzò la testa.

«Non credo che volesse pubblicarlo» continuò lei. «Altrimenti non me lo avrebbe tenuto nascosto. L'altro che ha pubblicato lo lasciava sulla scrivania.»

«E lei lo leggeva?»

«Certo, a volte gli indicavo dove non mi pareva convincente, spesso lo correggeva.»

«Strano» disse lui perplesso. «Correggere un diario.»

«Perché?» lei guardava davanti a sé. «Per lui era normale. Diceva che la sincerità è come il salto in alto, è una vittoria su se stessi, sulla forza di gravità. Perciò si ha bisogno di energia, di immaginazione e mi chiedeva di aiutarlo.»

«E per questo ultimo?»

«No» rispose lei ritraendosi e appoggiando le mani sui braccioli. «Lo teneva sempre chiuso nel cassetto.»

Fece per aggiungere qualcosa, ma poi si trattenne e si limitò a dire:

«È così. Comunque abbiamo sempre cercato di parlare, non di tacere.»

Lui esitò, poi a voce più bassa le chiese:

«E invece in ultimo le sembrava un po' diverso?»

«Sì» guardò verso la finestra.

«Nel diario allude a qualcosa di preciso?»

«No, non lo faceva quasi mai» rispose con una vaga insofferenza. «Diceva che la linea più breve per collegare due punti non è una retta, ma una curva. Si figuri se era diretto nello scrivere.»

Lui scosse la testa:

«Bisognerebbe leggerlo.»

Lei lo guardò con un interesse inquieto:

«Perché?»

«Perché un diario così va interpretato. E forse un estraneo si trova in una posizione più favorevole.»

Lei continuava a guardarlo, le mani allacciate.

«Ne sono convinto, signora.»

Aggiunse:

«Potrebbe essere una verifica dall'esterno.»

Lei esitava, ma a un tratto disse:

«Ora glielo mostro.»

Estrasse dal cassetto centrale della scrivania due quaderni neri, legati con un elastico. Disse:

«Legga il primo qua e là. E mi dica la sua impressione immediata, senza riflettere.»

Le pagine a quadretti erano gremite di una scrittura in inchiostro verde.

«Dimentichi il problema della pubblicazione, mi dica quello che pensa» insisteva lei.

Lui aveva già incominciato a leggere: "La vide in fondo a una scala, nel buio di un cinema, e poi che gli stringeva il braccio in via Meravigli, dimmelo, sorrideva, non ha importanza, perché fai sogni angosciosi, il balcone sul lago, amore, un posto così bello, non credo di sbagliarmi, capisci tante cose, a lungo senza parlare, il suo sorriso nel finestrino del treno".

Lui fissava un'anfora ricamata sul tappeto, tra le sue scarpe.

«Mi sembrano immagini vaghe» disse. «Appunti.»

Lei lo osservava dietro la scrivania:

«Appunti?»

«Sì, signora.»

«Appunti di che genere?»

«Narrativi. Vede, ad esempio, quante volte ricorre un costrutto tipico, "lei che dice, io che rispondo", come se immaginasse, scorciandole, certe scene. Non le pare?»

«Non lo so» esitava. «Legga ancora».

"Essere se stesso, non un altro più giovane, mentire, dono celeste, quello che ho sempre temuto, quanto tempo davanti, la salita fino al paese, il bosco."

Si fermò e la pagina divenne un reticolo di linee verdi.

«È molto bello» disse. «È un viaggio fantastico.»

«Guardi,» aggiunse «c'è un altro costrutto tipico dell'appunto narrativo, "ricordare, ricordare lei alla stazione, ricordare l'albergo sul lago"...»

Lei lo interruppe:

«Ma "ricordare" si riferisce di solito a una esperienza vissuta, per non dimenticarla.»

«Sì» ammise lui. «Questo è vero. Però, anche se è un'ipotesi possibile, non è la più probabile. Usa il modo imperativo troppe volte, come se volesse fissare le immagini prima che gli sfuggano. Suo marito aveva in mente un altro romanzo?»

«Sì» lei si rianimò. «Me ne parlava qualche volta. Una storia d'amore, un uomo anziano. Diceva che era apparentemente banale, e perciò interessante.»

«Banale?» le chiese.

«Sì, ma solo nel senso di comune, di frequente. Provi a guardare anche il secondo quaderno.»

"Il lago di Pusiano, la terrazza con il pergolato, arriva tutto tardi, mai avrebbe pensato, quale senso, lei che ripete, all'angolo di via Petrella, domani."

Quando terminò di sfogliarlo rimase pensieroso.

Poi disse:

«Vede, non solo non è un diario nel senso comune del termine, ma probabilmente non è neanche un quaderno di appunti.»

«E che cos'è allora?»
Lui rifletteva:
«Non lo so bene» rispose. «Mi sembrano come scene già scorciate, fotogrammi, sequenze brevissime. Anche il taglio è curioso, è a metà strada tra il promemoria e l'invenzione.»
Lei lo ascoltava senza muoversi.
«Forse suo marito all'inizio pensava agli appunti per un romanzo, ma poi questi appunti si disponevano in un modo già definitivo.»
La guardò e aggiunse:
«Infatti la costruzione tiene, la lettura prende.»
«Sì» disse lei.
«E questo potrebbe spiegare perché non glielo lasciava leggere come il diario.»
«Perché?»
«Perché appunto non era un diario letterario. Era probabilmente una forma nuova, che andava scoprendo a mano a mano e che aspettava a mostrarle. Infatti io non lo pubblicherei come diario.»
Lei alzò il viso:
«E come?»
«Io lo pubblicherei come uno scritto autonomo, insieme ad altri inediti.»
Lei taceva. Le chiese:
«Non le pare, signora?»
«Già» mormorò. «Si può pensarci.»

Uscendo sulla strada, nel tramonto afoso, tra passanti e automobili, lungo le corsie del viale, si arrestò come smarrito sull'orlo del marciapiede, finché vide una tabaccheria sull'angolo. Entrò in un corridoio invaso da persone e facendosi largo in un frastuono di voci si diresse al telefono appeso al muro.
«È andata bene!» avvicinò la bocca al microfono. «Credo che ci darà la fotocopia.»
«Come hai fatto?» gli chiese l'editore.
«Le ho detto che non era un diario, ma una specie di viaggio fantastico.»

«E lo era?»
«No, mi sembrava una cosa vera.»
Guardò, vicino al suo, il viso rugoso di un uomo anziano, le braccia incrociate, che aspettava di telefonare.
«Come hai detto?»
«Era un amore vero.»
«Ah» disse l'altro.
Dopo una pausa aggiunse:
«Ho capito. Ci vediamo domani. Ciao. Sei stato bravo.»
«A domani» rispose.
Quando riappese il telefono, chiuse un attimo gli occhi, soddisfatto, scontento, turbato. Vedeva lei nelle varie immagini e poi lui.
«Ha finito?» gli chiese l'uomo alle sue spalle.
«Sì» rispose voltandosi. «Ho finito.»

1979

Il nascondiglio

Quando Andrea sparì, nessuno se ne accorse. In casa i suoi genitori avevano abbassato il soffitto del corridoio e tra il soffitto nuovo e il vecchio si era formata una galleria aerea, invisibile, sospesa sopra la testa di chi attraversava l'appartamento. Quel pomeriggio Andrea, trovata la scala appoggiata contro la porticina in alto, vi era salito subito. Aveva aperto i due battenti a molla e un cunicolo nero gli si era spalancato davanti. Era tutto ingombro di casse, di rotoli di tappezzeria, di valigie. Andrea vi si era infilato carponi e i battenti si erano chiusi alle sue spalle. Respirava a fatica. Si accovacciò sul cemento ruvido e rimase in attesa. Di che cosa? Che sua madre si accorgesse che lui non c'era. Invece sua madre non se ne accorse. Dopo un po' staccò la scala e la rimise al suo posto. Andrea stava per aprire i battenti e gridarle: «Sono qui!», ma poi cambiò idea. Sua madre non si sarebbe neanche stupita e magari lo avrebbe rimproverato.

La luce che filtrava alle sue spalle finiva su due barattoli di miele comperato in montagna. Più in là si vedeva un pacco di riviste geografiche inglesi, che suo padre non leggeva mai, ma legava con la corda e conservava per la vecchiaia. Il cunicolo, dopo qualche metro, svoltava sopra l'anticamera. I suoi genitori lo avevano costruito da pochi mesi, dopo che un architetto aveva detto che il loro appartamento era molto bello, tranne il corridoio, troppo alto. Ma dopo che lo avevano abbassato il loro amico Zeno, di ritorno dagli Stati Uniti, aveva detto che il corridoio di prima era forse la parte più bella dell'appartamento. Sua madre però aveva detto: «Basta. Con i soldi che abbiamo speso».

Andrea avanzò carponi tra le casse, i rotoli e le riviste. A un tratto toccò un involucro di plastica che avvolgeva le coperte e nel ritrarre la mano fece cadere una pila di libri. Si fermò per paura che di sotto lo sentissero. Udì il passo di sua madre, che andava dal bagno alla camera da letto, alla fine del corridoio. Stava telefonando.

Allora riprese, adagio, il suo viaggio. E a mano a mano che si inoltrava nel buio, era come se avanzasse verso il centro della terra, tutto solo, dopo avere perduto i compagni di spedizione. Forse, dietro quella immensa scatola di cartone, c'erano gli occhi rossi, scintillanti, del mostro che aveva visto al cinema, due sere prima. Rimase a lungo immobile. Poi palpò lentamente un lato della scatola, fino allo spigolo, finché scoprì il passaggio lungo il muro. No, al di là non c'erano gli occhi del mostro, ma solo puntini gialli nel buio. Forse era il tesoro luccicante di pietre preziose, il forziere spalancato. Intanto i pirati stavano scavando una galleria dall'altra parte, si udivano i colpi soffocati dei picconi, nelle viscere dell'isola. Bisognava arrivare prima di loro e allora proseguì rapido, sempre più rapido, finché batté la fronte contro il cemento. Dolorante si lasciò cadere all'indietro e sollevò le gambe, premendosi la fronte con le mani. Riuscì a non piangere, ma solo a mugolare. Si dondolò così, sul cemento, finché a poco a poco la sofferenza diminuì. Allora si rivoltò e riprese a percorrere il corridoio nella direzione opposta. Quando arrivò di fronte ai battenti, li scostò leggermente senza fare rumore. Sua madre era in cucina, seduta davanti al tavolo, immobile. Era legata a un palo e gli indiani stavano accovacciati in cerchio intorno a lei. A un tratto si alzò e prese dall'armadio il barattolo del caffè, poi aprì lo sportello vicino e prese quello dello zucchero.

L'orologio appeso alla parete segnava le cinque: era passata mezz'ora e non si era accorta di niente. Solo quando ebbe finito di bere il caffè si riscosse e si guardò intorno. E finalmente chiamò a voce alta:

«Andrea!»

Lui si ritrasse, gli occhi luccicanti nel buio, il cuore che gli batteva in gola. Poi riaccostò il viso ai battenti. Lei chiamò, con voce più alta:

«Andrea!»

Aggiunse, con lo stesso tono arrabbiato:

«Rispondi quando ti si chiama!»

Lui tratteneva il fiato, finché non resistette più e respirò forte. Sua madre stava passando sotto di lui.

«Andrea!» chiamò ancora. «Andrea, dove ti sei nascosto?»

La sua voce arrivava lontana, dalla sala. Sentì di nuovo i suoi passi in corridoio, poi la sua voce dura, secca:

«Andrea, basta! Vieni fuori!»

Lui stava per spalancare gli sportelli, quando sua madre aggiunse:

«Un bel gioco dura poco!»

Allora si fermò, strinse le labbra e si appoggiò con le mani sul pavimento.

No, non scendeva. Si allontanò carponi dagli sportelli. Poteva continuare l'esplorazione della grotta, aveva viveri a sufficienza. Gli altri non sarebbero riusciti a raggiungerlo. Il passaggio in fondo al cunicolo era strettissimo e solo un bambino come lui poteva calarsi a toccare il suolo della caverna. La temperatura era gelida. L'acqua irrompeva da un buco della volta e precipitava in una voragine. La si vedeva spumeggiare in basso, ma così lontana che il rumore non arrivava fino lassù.

Tastando il pavimento trovò una pila. La accese e la luce cominciò a correre sulle pareti dell'abisso, in fondo alla cascata. Non lo avrebbero più trovato, era nel ventre della terra. Sospirò, si premette una mano sugli occhi. Vedeva come guizzi di luce, macchie gialle. La grotta a poco a poco si trasformò in una galleria aerea, vegetale, fatta di rami e di liane, sulla cima degli alberi: dall'alto poteva vedere sua madre che lo cercava e interrogava lo stregone, all'estremità del villaggio. Ecco lo stregone tracciare un cerchio sulla sabbia e poi alzare lo sguardo verso i rami. Lui si nascose dietro il tronco. Udì sua madre aprire la porta dell'appartamento, chiamare un'altra volta «Andrea!», poi chiuderla alle proprie spalle e scendere di corsa le scale. Chissà se, dopo quello spavento, lo avrebbe ancora tormentato con l'aritmetica e con i confronti con gli altri. E anche suo padre, che quando si arrabbiava rovesciava sedie e gettava a terra piatti e vasi, avrebbe dovuto finalmente occuparsi di lui e andare al commissariato. Il commissario era lo stesso delle *Avventure di Laramie* e gli chiedeva:

«Lei sa perché suo figlio è scappato di casa?»

E suo padre rispondeva:

«No.»

«Eppure lei e sua moglie dovreste saperlo.»

E mentre suo padre non sapeva che cosa rispondere, il commissario continuava:

«Adesso è tardi. Adesso chi ritrova suo figlio?»

Nessuno. I giornali uscivano con titoli sempre più grandi e la televisione ne parlava ogni sera. Aveva viveri a sufficienza almeno per sei giorni, solo che gli mancava una cosa indispensabile: il suo fucile.

Doveva per un momento lasciare la sua casa sugli alberi e scendere lungo il tronco. Aprì i battenti e sporse la testa sul vuoto. Poi si voltò, si aggrappò al bordo del pavimento e, lasciandosi penzolare per un attimo, cadde con un tonfo sulle piastrelle. Corse nella sua stanza a prendere il fucile, ma al ritorno si accorse che non poteva risalire. Non c'era la scala. Sua madre stava ritornando con un'altra persona, udiva le loro voci avvicinarsi. Era finita. Guardò in alto verso il suo nascondiglio e si sentì in trappola. Non poteva che arrendersi. Però ora sapeva dove era libero.

1980

Il gioco della verità

Avanzando, tra agavi e palme, sul lungomare, nella luce rosata del tardo pomeriggio, il vecchio poeta, gracile nel vestito coloniale di colore beige, era l'immagine dello sfacelo: guardava, con un sorriso di beatitudine, i passanti e chiudeva gli occhi.

«È questo il suo albergo, maestro» gli disse la donna che lo reggeva per un braccio alla sua sinistra.

«Ma non è il Majestic?» chiese lui fermandosi e alzando il bastone verso l'immenso edificio, con i balconcini bianchi e le bandiere che fluttuavano al vento caldo.

«No, è proprio l'Imperiale» rispose la donna con pazienza, sospingendolo lievemente verso il marciapiede opposto.

Attraversarono la strada ed entrarono nella penombra fresca della hall. Nell'angolo a sinistra pochi clienti, seminascosti nelle poltrone di velluto, seguivano una partita di tennis alla televisione.

Una ragazza con una capigliatura crespa e un registratore a tracolla si avvicinò sorridendo:

«Mi permette di farle qualche domanda per una radio locale?»

«No, il maestro è stanco» intervenne l'accompagnatrice.

«La lasci parlare» disse il poeta, bonario. «È una cosa lunga?»

«No, però neanche brevissima» rispose la ragazza, rinfrancata. Lo fissava con occhi luminosi, ignorando l'accompagnatrice. «Si tratta di una trasmissione un po' particolare, diversa dalle solite.»

«Cioè?»

«Si chiama "il gioco della verità", lei deve dire il contrario di quello che pensa.»

«Ah» annuì il poeta. «Ma questo lo si fa spesso.»

«Sì, ma senza confessarlo. Invece qui lo si preannuncia all'inizio della trasmissione. Lei deve dire l'opposto della verità e così veniamo a saperla, ma in modo più divertente.»

Il poeta la osservava con curiosità.

«E inoltre scopriamo il suo modo di mentire» continuò la ragazza. «Lei mente spesso?»

«Ma adesso siamo già in trasmissione?» chiese il poeta, guardando il registratore.

«Ma no!» la ragazza rise. «Però immaginiamo di sì. Che cosa mi risponde?»

«Che non mento mai.»

«Allora vuole dire che mente sempre?»

Il poeta scosse la testa:

«No, neanche questo è vero.»

«Allora è vero?»

Il poeta ebbe un sorriso imbarazzato:

«No, lei mi sta confondendo. Alla mia età non si hanno più i riflessi pronti. Però la cosa mi attira.»

Si volse verso l'accompagnatrice, che ascoltava con muta disapprovazione.

«E se andassi a riposarmi un po'?» non si capiva se stesse facendo una domanda o una riflessione. «Potremmo vederci qui tra mezz'ora.»

«Stupendo» esclamò la ragazza.

«Allora va bene» il poeta si inchinò lievemente nello stringerle la mano. «A fra poco.»

Scelsero l'angolo a destra, vicino alla vetrata, chiuso da due siepi di piante sempreverdi, dove i rumori dell'atrio arrivavano attutiti e i pedoni, all'esterno, passavano silenziosi dietro i cristalli.

Il poeta e la ragazza si sedettero su un divano semicircolare, mentre l'accompagnatrice, prendendo posto in una poltrona davanti a loro, la scostò, guardando fuori.

«Allora siamo d'accordo. Possiamo cominciare?» chiese la ragazza, con il registratore sulle ginocchia.

E, mentre il poeta annuiva, lei premette, con l'indice e il medio, due tasti del registratore:

«Siamo, cari amici, nella hall dell'hotel Imperiale, in compagnia dell'illustre ospite di cui avete ascoltato la biografia.»

Da quando aveva incominciato a parlare, fissando il microfono, era come se fosse altrove, in un suo spazio euforico.

«Il nostro ospite, cari amici, ha accettato con spirito le regole del nostro gioco, del gioco della verità. E cominciamo subito dalla prima domanda. È lieto di ricevere questa sera la cittadinanza onoraria dalle mani del nostro sindaco?»

«No.»

«Molto bene. E che cosa ama della nostra città?»

Che cosa amava? Quasi niente, ormai. Rivide la spiaggia ghiaiosa dell'immediato dopoguerra e gli alberghi ancora vuoti sul lungomare. Allora l'aveva attirato quel mondo disabitato, non sapeva perché.

«Quasi tutto» rispose.

«Come tutto?» esclamò la ragazza. «Doveva dire "niente", non le pare?»

«Già, niente» mormorò. «Mi sono confuso.»

«Questo l'abbiamo capito» sorrise la ragazza. «Capita a tanti ospiti del gioco della verità. Il problema della menzogna è abituarsi. Ma ora passiamo ad altre domande e cerchi per favore di rispondere subito. È contento di se stesso?»

«Sì.»

«E della vita?»

«Sì.»

«Molto bene» esclamò la ragazza. «Vedo che sta entrando nello spirito del gioco. Vorrebbe avere qualche anno di meno?»

«No.»

«Che cos'è per lei la maturità?»

Era arrendersi all'evidenza.

«Non lo so» rispose.

«Allora lo sa. Ce lo dica.»

Tra poco lui sarebbe scomparso, era questo che sapeva.

«Forse è un verso di un poeta russo che ho dimenticato,

un nome fatto di due lettere. Però mi ricordo il verso, è un triplice divieto: "Non temere, non sperare, non chiedere".»

«Ma com'è pessimista! Non crede di esagerare!»

«No. Anzi sì. Faccia lei.»

«E com'erano le sue ambizioni?»

Si rivide mentre usciva dalla biblioteca comunale del suo paese, da ragazzo, e reggeva con la destra, parallelo al fianco, un libro di poesie, sciupato, sporco. Il mondo era in quella mano e per questo lui lo reggeva così delicatamente.

«Modeste» rispose.

«E si sente realizzato?»

Anche questa era una parola che non amava, non si riconosceva più in quello che gli altri dicevano.

Posò la sua mano su quella della ragazza:

«Non vuole ricominciare daccapo? Ma con una intervista normale. Lei mi fa le solite domande e io le do le solite risposte. Già non so la verità, figuriamoci il suo contrario.»

«D'accordo» rispose con rammarico la ragazza.

Aveva premuto un tasto del registratore e l'aveva posato sul tavolo.

«Ho capito che lei non è bravo a mentire» aggiunse.

«Non è vero» rispose il poeta. «Non sarei sopravvissuto fino a questa età.»

«Ecco, questa è già una definizione della menzogna» annuì la ragazza. «E sulla verità, che cosa mi dice?»

Il poeta la guardò.

«Sulla verità preferisco tacere» disse.

Seduto in una poltrona di vimini davanti alla finestra aperta, il poeta vedeva, parallela alla balaustra, la linea del mare. Era cessato il vento e l'acqua luccicava al largo in una striscia rettilinea. Una nave da guerra era immobile al centro del quadro. Come si chiamava quel tipo di nave? No, non bastimento. Era una parola di cinque sillabe, ma non la ricordava. Gli pareva che finisse in *tore*, mentre la prima parte era sfocata, poteva cominciare per *a*, come aeratore. Sentiva che si stava avvicinando, ma non doveva insistere, semmai allontanarsi, pensare ad altro. Una volta uno specialista del cervello – era una parola di cinque sillabe – aveva parlato alla televisione di marasma senile, ecco, quella era una espressione che non aveva più dimenticato, marasma senile, anche se, a ripensarci, non si addiceva al suo caso. Marasma gli faceva venire in mente disordine, caos. Nel suo caso invece era come se il cervello franasse silenziosamente e lui dovesse porsi in salvo, a distanza: e poi, voltandosi, non vedesse che rovine e la polvere che si alzava dai padiglioni che crollavano. Assisteva impotente, rassegnato, al proprio dissolvimento, che gli ricordava quell'edificio altissimo, di quattro sillabe, ripreso al rallentatore, in una trasmissione televisiva, mentre si afflosciava su se stesso. Forse introduceva una rassegna di disastri. Poi la sequenza veniva proiettata in senso inverso e l'edificio tornava in un attimo come prima.

Si alzò piano dalla poltrona e si appoggiò alla balaustra. La strada, in basso, era un formicolio di pedoni intorno alle automobili. Scogli neri la proteggevano dalle onde, ma a volte gli spruzzi arrivavano sull'asfalto.

Uno stormo di uccelli si levò dal molo. Vedeva il loro nome di tre sillabe volteggiare sopra le acque del porto, per poi dirigersi verso la costa e appollaiarsi sui massi. No, non poteva avere dimenticato anche questo, li aveva nominati una volta in una poesia. Socchiuse gli occhi. L'aria era fresca, salmastra.

«Gabbiani» mormorò.

1983

Che cosa farai da grande

Era arrivato a quell'età, variabile secondo le persone, in cui le parole riacquistano un significato attendibile, non servono solo ad aggredire o a difendersi, ma a definire, ossia a *circoscrivere*; in cui dire a suo figlio: «Non credo tu abbia attitudine per il disegno» si imponeva con una evidenza dimessa e valeva come una rinuncia a lasciargli in eredità lo studio di grafico. Oppure accadeva che sua moglie gli chiedesse – provando un vestito nuovo davanti allo specchio e girando la testa – «Come sto?» e lui rispondesse piano, sdraiato sul letto: «Così così». Lei allora alzava le spalle, aggiungendo: «Che soddisfazione dai», mentre lui si sentiva appagato della risposta, di quel «Così così» che gli apriva abissi silenziosi di precisione.

Aveva osato anche dire, scuotendo il capo, «Non ci siamo» del grafico di un rivale, verso il quale aveva sempre mostrato indulgenza. E questa nuova, assorta sincerità era stata apprezzata. Non solo lui, ma gli altri intuivano che era una conquista: un gradino ulteriore di quella scala di Giacobbe che è l'ascesa interminabile alla maturità. Doveva però cercare di non compiacersene, di non mutare la misura in affettazione, altrimenti rischiava di cadere nel ridicolo. Solo il distacco si sottrae al comico . «Miglioro» aveva detto una volta a voce bassa, guardando davanti a sé, sul divano in penombra. E l'amico che gli sedeva di fronte, uomo aggressivo, che traeva dalla propria inquietudine scoppi di ilarità, si era messo a ridere: «Che cosa farai da grande? » gli aveva chiesto. Lui era lievemente arrossito, aveva alzato la mano come i fiorettisti toccati, solo che generalmente non la alzano loro, ma gli avversari. Ecco, doveva evitare anche gli eccessi di saggezza, la maturità è equilibrio. Guai ad assecondare la vanità, compresa quella della perfezione.

Si sentiva avvolto da una placenta da cui doveva liberarsi.

Una sera, attardandosi nel suo studio, scrisse sulla sua agenda:

"Rinasco."

La sera dopo annotò:

"La vita comincia."

Gli venne in mente una aggiunta, "a quarant'anni", e questo attenuò l'orgoglio della scoperta. Ma in fondo che importanza aveva. Riscoprire per proprio conto i proverbi poteva non essere originale, ma lo avvicinava alla verità.

Fu in quel periodo, di sommessa euforia, che mutarono i suoi rapporti con l'altro sesso. La svolta fu preparata anche in questo caso da una riflessione proprio su queste due parole, l'altro sesso: l'una alludeva alla diversità, l'altra la circoscriveva. Ed era una espressione che semplificava quei rapporti da cui si era sentito spesso escluso. Piccolo, miope, calvo, aveva constatato come questi tre aggettivi che, anziché aggiungere, sembrano piuttosto sottrarre, non impedivano ad altri di essere seduttori. Eppure a lui evocavano una corsa a handicap, in cui partisse fatalmente arretrato. Solo allora capì che il paragone era impreciso: e che, come tanti altri che faceva mentalmente, serviva più a confonderlo che a orientarlo. In realtà in una corsa ippica il cavallo con handicap parte davanti agli altri e gode quindi di un momentaneo vantaggio. Ma qual era il suo?

Riflettendo sull'interrogativo, scoprì che la risposta era la domanda: l'handicap *era* il suo vantaggio. Niente disarma come l'essere inoffensivi. Perciò lui doveva sfruttare l'assenza di resistenze per dilagare inerme sul territorio del nemico. O meglio della sua amica.

Ne aveva ascoltato per anni le confessioni intime, poiché lei lo considerava una eccezione: un uomo con il quale una donna poteva confidarsi, senza il timore di essere fraintesa. Generalmente di questo temibile privilegio fruiscono gli omosessuali. Ma lui non lo era. Come mai dunque lei parlava *liberamente*?

Non aveva mai preso in considerazione l'idea di corteggiarla, probabilmente per quella caratteristica che allevia la vita degli uomini, quando non la peggiora: la mancanza di immaginazione. Forse il divario di statura l'aveva sgomentato. Era una donna altissima, golosa, rosea, il viso ancora soffuso di grazia infantile. Da qualche anno un uomo abitava tenacemente il suo spazio mentale. Lei cercava talvolta di evaderne, ma lui rimaneva: e al ritorno lo ritrovava sempre al suo posto. Forse anche quella presenza l'aveva turbato. Non lo conosceva di persona. Una volta lei gli aveva mostrato una sua fotografia sulla spiaggia. Era un uomo gigantesco, con i baffi, il viso profondamente inespressivo affondato nel collo: «Bell'uomo» lui aveva mormorato, senza sapere perché. Ed era stato il suo primo tradimento del linguaggio da quando aveva imparato ad amarlo.

Pensava all'amore tra loro due come a una lotta tra giganti, sullo sfondo di foreste primordiali. E lui era uno gnomo che dal basso li vedeva sparire tra le nuvole.

Probabilmente anche questa immagine aveva contribuito a intimidirlo. Ma perché escludere che uno gnomo potesse piacerle? Così una sera, che si erano incontrati a una mostra, glielo chiese e lei si mise a ridere divertita:

«Perché no?»

Intuì in quel momento che lei, come tutte le persone golose, aveva una disponibilità latente per qualsiasi piacere. Allora le chiese:

«E io?»

«Anche tu naturalmente.»

«E perché non me l'hai detto?»

Lei lo guardò sfrontata:

«E perché non me l'hai chiesto?»

Lui ebbe la percezione, istantanea e silenziosa, che il mondo si capovolgesse e tutto rimanesse però come prima. Allora con calma, come riflettesse tra di sé, le disse con voce sommessa:

«Tu non puoi neanche immaginare come mi piaci.»

«Ah sì?» lei chiese sorridendo. «Non me ne ero accorta.»

«Non hai che da chiedermene una prova.»

Lei lo guardò esitante, forse voleva guadagnare tempo.

«E tu vorresti?» gli chiese.

«È la cosa che desidero di più» rispose lui.

Lasciava che il linguaggio si espandesse dolcemente, come un'onda che si propaga nello spazio. Non c'era che da aspettare l'onda di ritorno. Lei disse inaspettatamente o, meglio, com'era prevedibile:

«Vedremo.»

La sera, nell'oscurità del suo studio, al chiarore intermittente delle insegne al neon che filtrava dalla strada, tornò con trepidazione su quella parola, "Vedremo": la prima persona plurale lo accomunava nell'attesa, mentre il tempo futuro prometteva ulteriori riflessioni, altri indugi, nuovi incontri. E la realtà, nelle settimane successive, non mancò di confermarlo.

Bastava assecondare la verità del linguaggio, seguirne il fluire misterioso, lasciarsene dominare anziché servirsene. Quando lei un giorno gli disse, con un tremito nella voce, ma lo sguardo fermo:

«Questa sera, se vuoi, ti aspetto a casa mia»
lui annuì sereno, commosso.

Capì nel pomeriggio interminabile quanto avesse aspettato quella sera. Non voleva però esserne troppo turbato: voleva essere spontaneo, semplice, come il linguaggio. Gli tornarono alla memoria versi di Victor Hugo, non sapeva neppure se erano giusti; lui, in traduzione, li ricordava così: "Egli visse. Egli morì. / Tutto avvenne naturalmente / come scende la notte / quando il giorno tramonta". Ricordava anche frammenti dell'originale: *Tout cela ... lorsque le jour s'en va*. Lei lo accolse in anticamera, lo baciò sulle guance, lo aiutò a togliersi il cappotto e la giacca, lo accompagnò in sala, si sedette accanto a lui sul divano, lo guardava rosea, gli occhi brillanti, bellissima. Fu lei a baciarlo e lui sentì che non avrebbe più dimenticato quelle labbra e quegli occhi vinti, fiduciosi, trepidi, teneri.

Si baciarono a lungo e lui provava una strana, dolce, infinita estasi infantile: come in un sogno di anni prima, quando sua madre si era curvata su di lui per baciarlo e per fargli una carezza. Finché un rumore lieve lo distrasse. Lei gli chiese:

«Che cos'hai?»

Lui si voltò a destra, verso la parete, dove un armadio di noce arrivava al soffitto.

«Aspetta» le disse alzandosi.

Si avvicinò all'armadio, si fermò, esitò, poi aprì un'anta e nella semioscurità, addossato al fondo, vide un uomo gigantesco, con i baffi.

L'uomo abbassò la testa.

Lui lo guardava, in silenzio.

1984

Storia di un verbalista

Si chiamavano verbalisti e, nella banca dove lavoravo molti anni fa, occupavano tavolini isolati su un ballatoio di ferro che girava sopra le nostre teste, vicino al chiarore grigio di un immenso lucernario.

Non avevano orari. A volte li vedevamo salire lungo la scala a chiocciola alla fine del pomeriggio, quando noi ci apprestavamo ad uscire e fingevamo di mettere in ordine le nostre carte, per ingannare il tempo e il capufficio. Il nostro sogno, entrando la mattina, era che fosse già sera. Non ho conosciuto altri posti in cui si desiderasse più ardentemente di invecchiare.

I verbalisti, sfiorandoci mentre eravamo curvi sulle scrivanie, ci guardavano con malcelato disprezzo. Talora interrompevano il ticchettio delle loro macchine e si affacciavano, il mento appoggiato alle mani, alla ringhiera del ballatoio, per osservarci dall'alto. Orgogliosi dei loro orari liberi, non li facevano mai coincidere con i nostri, ma questo alla fine li costringeva a orari non meno fissi e uniformi.

Dovevano raccogliere informazioni sui clienti che chiedevano un fido. Niente suscita più diffidenza che una richiesta di fido. La banca ne vive, come un ospedale dei malati, ma tratta i clienti in modo non dissimile: quanto più hanno bisogno di assistenza, tanto meno gliene offre.

Le informazioni dei verbalisti erano piccoli viaggi dentro la moralità, l'attività e il patrimonio dei "nominativi in oggetto". Ricorrevano anzitutto ai pareri, e anche alle indiscrezioni, di altri clienti: e questi, in cambio di una segretezza aleatoria, svelavano spesso l'esistenza di doppie famiglie, con doppi appartamenti e doppie vacanze, e una personalità ovviamente doppia. In tali casi la moralità diventava "dubbia".

C'era una correlazione inquietante tra peccato ed economia e la banca appariva l'ultima custode di un mondo di valori: caso rarissimo e misterioso, in cui tutte quelle parole potevano esser prese in senso letterale e in senso figurato e conservare intatta la loro validità.

Altra fonte di dati erano le agenzie di informazioni, che si rivolgevano anche loro ai clienti delle banche e talora, ma clandestinamente, alle banche stesse. Non mancavano disguidi imbarazzanti, in cui i verbalisti venivano confidenzialmente interpellati sui nominativi per i quali si erano già rivolti ai loro interlocutori. Non so se rispondessero in questi casi; ma è probabile che lo facessero, sostituendo le parole proprie – come accade spesso – con l'eco delle parole altrui.

In assenza di dati le agenzie interpellavano il nominativo stesso: caso veramente disperato, visto che il diretto interessato viene sempre considerato l'ultimo da ascoltare. Con frasi dapprima circospette, poi sempre più esplicite e infine ricorrendo al metodo più occulto di esercitare la corruzione e cioè di dichiararla, lo si invitava a compilare da sé il bollettino di informazione. Debitamente sobrio quando forniva i dati anagrafici, il cliente acquistava un tono categorico quando affrontava il tema della affidabilità commerciale. Questa enfasi, che per un orecchio esercitato avrebbe significato la sicurezza dell'ingiusto, più che la insicurezza del giusto, suscitava invece una impressione positiva. E spesso si trattava di un nominativo effettivamente affidabile: a conferma che un orecchio esercitato può fortunatamente sbagliarsi.

Lavoravamo nello stesso ufficio, eppure le distanze tra i verbalisti e noi apparivano incolmabili. Una volta uno di loro, sporgendosi dalla balconata, mi disse:

«Voi siete di un altro girone.»

Ed era vero. Quel ballatoio, nel piccolo inferno della banca, divideva due mondi. Allora ridevo di tali delimitazioni dello spazio, della ferocia con cui ciascuno difendeva un territorio fantastico, contrassegnato da pietre di confine immaginarie: ma le pietre reali di confine non mi sono poi apparse molto diverse. E ho capito che si modifica la scala, ma non il rapporto tra gli uomini.

Ci accadeva di sentirci accomunati solo certe sere, quando facevamo lavoro straordinario. Allora si usava chiudere i bilanci "alla lira"; e se c'era qualche discrepanza si restava fino a individuarne la causa. La banca, per alimentare il miraggio della perfezione, almeno in ambito contabile, non badava a spese. Finché, come inevitabilmente avviene, cominciò a badarci. Scoprì, dopo calcoli pazienti, che il costo delle ore straordinarie era sproporzionato.

E poi trovò ciò che ogni approfondimento di indagine riserva quasi sempre: una cattiva sorpresa. Infatti ci si accordava tra di noi per fare un piccolo errore di calcolo, che si annotava su un biglietto come la chiave di una caccia al tesoro. E poi, per due ore precise, si fingeva di cacciare l'errore, sotto le pupille inquiete del capufficio, che vedeva salire i conti della sua gestione e spesso interveniva per aiutarci. Afferrava con un impeto tra generoso e patetico una striscia di numeri e gettava sulla bilancia il peso della sua carica. Doveva avere la sensazione, sulla quale del resto si fonda il principio dell'autorità, che il suo occhio fosse diverso da quello degli altri e il suo volere potesse imporsi su tutto. Noi ci guardavamo in silenzio. E solo allo scadere delle due ore scoprivamo l'errore.

Qualcuno, nella euforia fatale della menzogna riuscita, eccedeva in entusiasmo: come un mediocre attore che, cercando di identificarsi con il personaggio, sfortunatamente vi riesce e sopprime la distanza; e alla fine dimentica anche che c'è un pubblico, che non glielo perdona. In quel caso il pubblico era un ispettore, che si aggirava tra i tavoli pensieroso: non era verosimile tanta solidarietà nei confronti dell'Istituto, che ne impedì infatti ulteriori manifestazioni.

I verbalisti, quando ancora ci vedevano affaticati a tale lavoro, abbandonavano il proprio e scendevano in quel parterre di simulatori. Fingevano di aiutarci, in realtà volevano scambiare qualche parola, mentre leggevano ad alta voce numeri sbagliati. Questa finzione aggiunta alla finzione pareva divertirli, anche perché confermava ironicamente la loro superiorità.

Non sapevamo perché si chiamassero così. L'ignoranza nasceva dalle due ragioni che sono le più idonee a preservarla: non ce lo eravamo mai chiesto; e credevamo di saperlo già. Verbalista forse si associava all'idea di *verba*, di chiacchiere con clienti e informatori; oppure si collegava all'idea di verbale, di questionario. Ho chiesto al cassiere della banca dove ho un conto corrente se esistono ancora i verbalisti. Mi ha sorriso stupito. Ho cercato di spiegare chi erano e lui ha annuito perplesso:

«Forse lei sta parlando dei settoristi.»

Ho provato a chiederlo a un funzionario, che ha rialzato la testa:

«Verbalisti? Mai sentiti.»

Allora ho consultato un vocabolario comune e poi il *Lessico Universale Italiano* e la parola non c'è. Niente come la scomparsa di una parola evoca la scomparsa di un mondo. I verbalisti non ci sono più. Ho perfino dubitato che siano esistiti sotto questo nome. Eppure non posso sbagliarmi, proprio perché la parola si incarnava in uomini che conoscevo.

Il più anziano tra di loro si chiamava Barbi. Era un individuo piccolo e scarno, taciturno, di carnagione scura. Aveva capelli folti e bianchi e occhi mobilissimi, vagamente febbrili. Qualcuno sottovoce lo chiamava Africa, perché nel suo aspetto e nella sua andatura, nervosa e insieme come rallentata, evocava qualcosa di africano.

Si era impiegato in banca nel primo dopoguerra, grazie alla sua conoscenza delle lingue. Ma poi lo avevano assegnato al settore dei verbalisti, forse perché, amaro e sarcastico, si sarebbe difficilmente affiatato con i colleghi. Questi aspetti non erano probabilmente sfuggiti al Capo del Personale: un uomo corpulento, gigantesco, che seguiva da vicino i percorsi, non solo all'interno della banca, dei suoi impiegati. I suoi modi sbrigativi, spesso brutali, in contrasto con quelli melliflui del suo predecessore, l'avevano reso stranamente popolare. Ricordo il viso terreo di un collega al ritorno da un colloquio con lui, nel quale aveva chiesto un avanzamento e si era sentito rispondere, o meglio urlare in faccia:

«Se lo metta bene in testa! Lei non farà mai carriera in questa banca! Glielo garantisco io!»

E lui, dicendomelo, aveva aggiunto rassegnato, in un soffio:

«Ecco uno che parla chiaro.»

Con Barbi la scelta doveva essere stata semplice. Carriera era per lui, già anziano, una parola priva di interesse. Ci considerava poco più che servi. E quando il suo capo, uomo per altro paziente e remissivo, si era azzardato un giorno a rimproverargli una assenza, avevamo udito risposte brevi e sibilanti, colpi di sferza che avevano lasciato l'interlocutore senza fiato. Da allora nessuno aveva più osato contraddirlo.

Si intuiva, dietro le sue reazioni, una sorta di collera divina, che non cercava alcuna motivazione per giustificarsi e trovava nella propria esistenza la sua legittimità.

Io ero l'unico con il quale avesse un rapporto amichevole. Forse perché ero ancora un adolescente e lui prossimo alla pensione. Forse perché intuiva che entrambi eravamo in banca di passaggio. La banca era un soggiorno obbligato per un periodo circoscritto. Lo è del resto per tutti, anche per coloro che salgono i gradini della carriera come la scala di Giacobbe e credono di ascendere all'Empireo: solo che loro non se ne accorgono.

La sua amicizia si manifestava, come accade, in piccole attenzioni: mi consegnava i bollettini già battuti a macchina, per risparmiarmi la copiatura. Oppure inseriva lui le informazioni nelle pratiche che dovevo seguire io. Forse fu per questa solidarietà che una sera, vedendomi spargere i foglietti verdi dei protesti cambiari sulla scrivania, come se facessi un solitario con le carte, mi chiese a bassa voce:

«Che cosa stai facendo?»

«Non lo vedi?» risposi. «Sto dividendo i protesti per nominativi.»

«Aspetta» disse lui. «Conosco un metodo migliore.»

Scelse con calma, dopo avere riflettuto, alcuni foglietti, poi si sedette vicino alla scrivania. Indugiò come un giocatore di scacchi prima di una mossa. Infine radunò i foglietti in un mazzo, li stracciò in due pezzi e li lasciò cadere nel cestino.

«Ma sei pazzo?» mormorai. Mi era parso di assistere a un sacrilegio.

«Aspetta» disse lui.

Aveva allargato le braccia sulla scrivania e con una mossa a tenaglia sospinse tutti i foglietti vicino alla sua giacca. Io cercai di strapparglieli, ma il capufficio, in lontananza, aveva alzato il viso nella nostra direzione.

«Ci sta guardando?» chiese lui senza voltarsi, vedendomi improvvisamente bloccato.

«Sì.»

«Non muoverti» disse lui impassibile.

Finì di raccogliere i foglietti e li riordinò. Poi, mentre il capufficio abbassava la testa e io la tenevo alzata, stracciò anche quelli.

Io ero come soggiogato. Non so quale forza mi spinse a dargli gli ultimi.

«Molto bene» mi disse. «Vedo che impari.»

Li stracciò più lentamente, con una sorta di devozione, quasi assaporando il gesto.

«Tu sei pazzo» ripetei senza guardarlo.

«Vuoi bere qualcosa?» mi chiese lui. «Sopra ho un piccolo bar.»

Quando scese dal ballatoio con una bottiglietta di vodka, ricordo che non gli feci alcuna domanda. Fu lui a chiedermi pacato, la fronte corrugata, guardandosi intorno:

«A che punto è questo lavoro?»

«È finito.»

Lui ebbe un breve sorriso:

«Invece tutti gli altri lavorano ancora.»

«Sì, perché hanno responsabilità» risposi senza convinzione.

«Può darsi che abbiano responsabilità, ma non hanno immaginazione.»

Aspettavo che continuasse.

«Questa è solo carta, capisci? Che importanza credi abbia praticamente? Quasi niente.»

Io ebbi la presenza di rispondergli:

«È quel quasi che mi preoccupa.»

«No, lo puoi eliminare» disse lui. «Lo uso perché altrimenti non mi crederesti. Ma è come un bicchiere in una alluvione.»

Io mi ero voltato a guardarlo.

«Se in un fiume che straripa vuoti un bicchiere d'acqua, cambia qualcosa?»

«Quasi niente.»

«Ecco, anche questi foglietti si perdono nella corrente.»

Io rivedevo un documentario di anni prima, con un fiume che straripava in pianura e l'acqua fangosa che sommergeva i campi, scivolava sotto le lunette degli archi, irrompeva da argini franati, fluiva tra le case coloniche: ed ecco che, affacciato a una finestra, un uomo vuotava un bicchiere nella corrente.

Quel gesto, e la irrilevanza delle conseguenze, mi indussero a imitare il comportamento di Barbi. Lui mi seguiva dall'alto e quando si accorgeva delle mie manovre distruttive, mi incoraggiava.

«Non succede niente» ripeteva, omettendo il quasi, con la complicità che un maestro riserva a un discepolo maturo.

A volte lasciavo che i foglietti si accumulassero sulla mia scrivania, schiacciati da un fermaglio di acciaio. E quando vedevo l'occhio del capufficio che, le braccia dietro la schiena, li fissava con ostentazione, provavo un piacere sottile a prevedere lo sgombero: che avveniva di solito verso sera, in tempi sorprendentemente brevi, mentre Barbi dal suo ballatoio sembrava officiare il rito blasfemo.

A mano a mano che si avvicinava alla pensione, Barbi diventava sempre più insofferente verso quello che chiamava lavoro immaginario. Una sera mi indicò un collega che, in un angolo, collocava adagio, su pile regolari, i suoi foglietti.

«Lo vedi?» mi sussurrò. «Lui non sta lavorando. Sta espiando colpe che non ricorda.»

Io richiusi i cassetti della mia scrivania.

«Alla banca non interessa che accarezzi i foglietti» proseguì. «Sono riti che riguardano solo lui. Lo vedi come è sereno, come si sente a posto con la coscienza?»

«Ma c'è qualcosa che interessa alla banca?» gli chiesi.

«Quasi niente di quello che facciamo» abbassò la testa. «Sì, c'è una parte minima di lavoro utile, ma il resto è immaginario. È carta che potrebbe sparire, come noi.»

Io lo ascoltavo affascinato, anche se non riuscivo a credergli alla lettera. Erano piccoli passi verso la verità, non per una via diretta, ma per una figurata. Più tardi ho scoperto che non ne avrei mai conosciuta un'altra.

Un giorno mi fece salire sul ballatoio. Mi aprì alcuni cassetti di metallo, che contenevano pile di cartelle.

«Questo era il mio archivio» disse. «Ma ormai non mi serve.»

Si toccò con un dito la fronte, aggiungendo:

«È questo il mio archivio.»

«La memoria, vuoi dire.»

«No, la fantasia.»

Io lo osservavo incredulo:

«Vuoi dire che ti inventi tutto?»

«Ecco» sospirò. «Quasi tutto.»

Presi posto su una sedia.

«Vorresti che mi comportassi come quelli?» mi indicò gli

impiegati sottostanti. «Io credo di avere capito qualcosa del lavoro e lo metto in pratica.»

«Ma allora non fai più le interviste ai clienti?»

«No» mi disse, sedendosi di fronte a me. «Faccio le interviste a me stesso.»

«E che risposte ti dai?»

«Dipende» sorrideva. «A volte sono minuzioso, a volte vago. Magari sullo stesso nominativo do informazioni contraddittorie, così non mi espongo.»

Sentivo che era il momento di fargli domande, perché in un'altra occasione non avrebbe risposto.

«E i nomi degli informatori come li trovi?»

«Sempre nello stesso archivio. Li invento.»

Dall'ufficio saliva un brusio di voci e di macchine.

«E nessuno si è mai accorto di niente?»

«Mai» negò con la testa. «Conosco il lavoro.»

«E perché lo fai?»

«Per non lavorare» rispose. «O meglio per fare un altro lavoro.»

«E qual è l'altro lavoro?»

Lui mi guardò con aria provocatoria, quasi volesse sfidarmi:

«Prova a indovinare» mi disse.

«Non ne ho la minima idea» risposi. «Sarà un lavoro diverso.»

«Ti sbagli» mi disse soddisfatto. «Una volta che sei pratico di un mestiere, perché abbandonarlo?»

«Qual è allora il tuo mestiere?» gli chiesi, con una curiosità che lasciò sorpreso anche me.

«Le informazioni» rispose. «È un campo in cui mi muovo come nessun altro.»

«E per chi lavori?»

«Per alcune agenzie.»

Non sapevo più quali domande fargli.

«Apri gli occhi finché sei in tempo» mi disse. «Io ci sono arrivato tardi.»

Barbi fu collocato in pensione l'anno dopo. I colleghi fecero per lui una piccola festa. Ci fu un brindisi sul ballatoio, poco prima dell'uscita. Gli chiedevano:

«E adesso che cosa farai?»
ma lui evitava ogni volta di rispondere. Solo alla fine, quando accettò di pronunciare qualche parola di commiato, disse:
«Io resto tra voi.»

1985

Postfazione

di Mario Barenghi

La morte in banca è il primo libro di Pontiggia. Fu pubblicato nel 1959 nei *Quaderni* di una delle più importanti riviste letterarie del secondo Novecento, *Il Verri* di Luciano Anceschi. La prima stesura del romanzo breve, o meglio del racconto lungo che dà il titolo al volume, risale però al 1952-53, quando l'autore non aveva nemmeno vent'anni. Il tema – l'inserimento di un giovane nell'ambiente bancario – è autobiografico: Pontiggia ha infatti lavorato dal '51 al '61 al Credito Italiano, dove si era impiegato diciassettenne – come il suo protagonista – per far fronte alle necessità economiche. Nondimeno, all'autobiografismo dev'essere attribuita in questo caso un'importanza secondaria. Tutti gli scrittori, di necessità, si servono di materiali che desumono dalla propria esperienza vissuta: così come (fatte salve eccezioni ovvie, e destinate a confermare la norma) si esprimono nella lingua del posto dove è capitato loro di nascere. La fedeltà dei contenuti narrativi ai trascorsi personali di chi scrive non basta insomma a rendere autobiografico un racconto: occorre che essi vengano utilizzati in maniera tale da conservare un rapporto esplicativo (e non semplicemente genetico) con la vita. L'autobiografismo di un testo dipende dal suo orientamento, più che dagli argomenti che tratta, cioè dall'inclinazione dell'autore – dalla disponibilità, dall'esigenza, talvolta dalla coazione – a perseguire nel proprio rovello creativo, in maniera più o meno esclusiva e consapevole, una verità intima, segreta, annidata nel cuore della sua esperienza vitale, e accessibile (o concepibile) solo attraverso uno sforzo di elaborazione formale dei dati empirici. In questo senso

Pontiggia non è, fatta salva la recente e per più riguardi eccezionale prova di *Nati due volte*, uno scrittore autobiografico: neanche quando, giovanissimo, eppure per certi versi sorprendentemente maturo, esordisce con un racconto ispirato alla condizione umana e lavorativa di cui aveva quotidiana esperienza.

Del resto, la figura dell'impiegato vanta una tradizione letteraria quanto mai insigne. Dal grande romanzo naturalista in poi (ma volendo si potrebbe risalire fino alla prima metà dell'Ottocento) l'impiegato rappresenta un'immagine di umanità mediocre e dimessa, ora ripiegata nella ricerca d'una malsicura, privatissima felicità, ora intenta a vagheggiare sogni tanto magnifici quanto irrealizzabili, e sempre votata a un grigio destino di precarietà e sottomissione, che la tenace aspirazione al decoro non fa che rendere vieppiù avvilente. Per la nostra cultura, in particolare, ha assunto valore antonomastico la figura di monsù Travet, protagonista di una commedia di Vittorio Bersezio fortunatissima tanto nella versione italiana quanto nell'originale piemontese (*Le miserie d'monsù Travet*, 1863). Se si escludono le remote origini della forma simbolica dell'impiegato (certe figurine di contorno, spesso assai ben riuscite, dei romanzi di Balzac e Dickens; certe memorabili invenzioni grottesche di Gogol', come il protagonista del *Cappotto*), possiamo riconoscere, nella narrativa otto-novecentesca, due principali fasi di sviluppo del personaggio. In un primo momento la condizione di dipendenza appare, sostanzialmente, un dato di fatto, cioè la conseguenza di un assetto sociale e di un'organizzazione del lavoro che destinano la maggior parte degli individui all'obbediente esecuzione dei voleri altrui. Sebbene un rilievo non piccolo venga dato alle ripercussioni soggettive (le ambizioni frustrate, le speranze deluse, gli affetti e i valori mortificati o stravolti), l'accento cade sui caratteri oggettivi della realtà: la quale, prosaica, iniqua o inumana, rimane comunque al di sotto delle aspettative, fondate o infondate che siano. In una seconda fase (ma la successione, come vedremo, non va intesa in senso rigidamente cronologico) lo stato di subalternità viene, per dir così, introiettato, fino a divenire un tratto congenito. Non è più il ruolo sociale a imprimere sul personaggio il proprio marchio, fiaccandone gli slanci, soffocandone la natura, occultandone le virtù: ora l'elemento decisivo è dato da una menomazione emotiva o psicologica originaria, che si esterna, semplicemente, nella veste pubblica più acconcia. La condizione di impiegato, in altre parole, non costituisce la premessa degli eventi che colpiscono il personaggio, bensì l'espressione visibile di ciò che egli è nell'intimo. Un "vinto", se si vuol riprendere la nota categoria verghiana; meglio, un arreso in partenza, un complice della propria vocazione alla sconfitta: ovvero, come ha scritto Giacomo Debenedetti, un "salariato della vita". Avviene così una sorta di paradossale capovolgimento delle responsabilità. Quello che appariva un torto subìto si configura adesso come una colpa scontata: l'effetto di un'ingiustizia diventa il segno di un'espiazione.

Per chiarire la distinzione fra questi due momenti (che naturalmente rinvia alla controversa frontiera tra naturalismo, o realismo tardo-ottocentesco, e letteratura decadente) gioverà un rapido confronto fra due opere quasi coeve, eppure per molti riguardi diversissime. Mi riferisco al primo romanzo di Svevo, *Una vita*, e al *Demetrio Pianelli* di Emilio De Marchi. L'ambiente è in entrambi i casi quello della piccola borghesia impiegatizia di recente inurbazione. Alfonso Nitti, che proviene da un paesino di campagna, lavora a Trieste alla banca Maller; Demetrio e Cesarino Pianelli hanno trovato impiego a Milano, rispettivamente all'ufficio del Bollo e alle Poste, dopo la rovina del padre fittavolo. In entrambi i casi l'impatto con il mondo cittadino si risolve in un insuccesso. Dopo il suicidio di Cesarino, Demetrio, cui tocca di por rimedio alle sventatezze del fratellastro, riesce a salvare l'onore della famiglia, ma finirà per perdere il posto: il romanzo termina con la sua partenza per una remota destinazione di provincia. Anche Alfonso si uccide: l'ultima pagina del libro (crudo *pendant* con la prima, un'affettuosa lettera del protagonista alla madre) è un'impersonale comunicazione della banca Maller a un notaio circa le disposizioni testamentarie del defunto.

Qui le analogie s'interrompono. Il fallito inserimento dell'eroe nella moderna società urbana assume nei due romanzi un significato pressoché opposto. Demetrio è un onest'uomo tribolato e vilipeso: il gesto che gli costa l'esilio (e in cui si rivela un impossibile, rassegnato amore per la bella cognata) va tutto a suo onore, e sancisce, di contro, la miseria morale che alligna nella metropoli. Ai disvalori imperanti egli ha opposto dapprima la sua generosa abnegazione, quindi un'indignata, sacrosanta collera. La persecuzione cui va incontro reca le stigmate del sacrificio, che ribalta, cristianamente, l'umiliazione mondana in esaltazione spirituale. Difficile quindi immaginare per il solitario e scontroso *travet* dell'ufficio del Bollo un riscatto più completo. La partenza finale, pur dolorosa, non sarà per nulla un equivalente della morte; al contrario: su di essa aleggia la nuova, luminosa coscienza che solo chi sia stato capace di amore puro e disinteressato ha vissuto davvero. La morte di Alfonso ha invece il carattere di un'estrema, irrimediabile dissipazione. Di lui, nulla resterà; non a caso in precedenza egli aveva ritenuto di recidere anche i residui legami con il paese d'origine, dopo esservisi trattenuto quanto bastava per compromettere la sua relazione triestina con Annetta. Il suo fallimento non deriva dall'incapacità o dal rifiuto di adattarsi a una realtà deludente, bensì dalla sua cronica indecisione se farlo o no, cioè dalla sproporzione fra desiderio e volontà, dall'inclinazione a ingigantire i dettagli perdendo di vista l'essenziale, dalla tendenza a coltivare fantasticherie, inventandosi alibi o corteggiando l'altrove: in una parola, dalla sua inettitudine a vivere. La condizione di impiegato simboleggia allora non solo uno stato di scialba e desolante mediocrità, ma anche un insuperabile impaccio esistenziale, in cui la velleità di rivalsa si mescola con un'oscura attrazione per la sconfitta.

Demetrio Pianelli esce nel 1890; *Una vita* nel '92, appena due anni più tardi. Eppure fra i due romanzi sembra corra un abisso. Il primo è ancora un libro dell'Ottocento; il secondo appartiene già a pieno titolo all'arte novecentesca, intenta a scandagliare le nevrosi dell'uomo contemporaneo. Vero è che nel '93 verrà pubblicato un libro di ambiente impiegatizio che per certi versi sarebbe potuto essere coevo di *Monsù Travet*, e che sarà destinato a riscuotere, non solo in Francia, un successo altrettanto strepitoso, ivi incluso il passaggio in proverbio del titolo (questa volta un nomignolo derivato dal cuscino delle seggiole degli uffici): *Messieurs les ronds-de-cuir* di Georges Courteline. Ma ovviamente la produzione letteraria non segue un unico tragitto, e del resto l'evoluzione storica è questione di prospettiva, oltre che di cronologia; né questa è la sede appropriata per una dettagliata ricostruzione della carriera del *travet* nell'immaginario narrativo del nostro secolo. Di tale carriera, tuttavia, che in Italia comprende, accanto ai romanzi di Svevo, opere di notevole interesse, come i *Ricordi di un impiegato* di Federigo Tozzi o le *Risultanze in merito alla vita e al carattere di Gino Bianchi* di Piero Jahier (mentre un discorso almeno in parte diverso richiederebbero nel secondo dopoguerra sia la "letteratura industriale" di Volponi e Ottieri, sia *La nuvola di smog* di Calvino), di tale carriera, dicevo, converrà ricordare almeno il vertice. Nella *Metamorfosi* (*Die Verwandlung*, 1916), il più celebre racconto di Kafka, lo squallore di un'esistenza tarpata erompe nell'inopinata mutazione del protagonista in insetto. Gregor Samsa non sperimenta le iniquità di un sistema sociale, bensì esemplifica la compiuta interiorizzazione dell'essere subalterno: a rivelarsi nel suo singolare destino è l'abnormità mostruosa di una "normalità" degradata fino all'abiezione, e assimilata fino a diventare una seconda, più verace natura. Il dramma tende a restringersi in una dimensione privata, dove lo scontro latente con l'ordinamento della società si traduce nei sintomi di un conflitto (tanto più intenso, quanto meno esplicito) con la figura paterna. L'ambiente lavorativo viene respinto sullo sfondo: tutta la vicenda, nitida e inquietante come un incubo notturno, si svolge entro le quattro mura domestiche, dalla scoperta della "metamorfosi" fino alla morte di Gregor, destinata a sopraggiungere non appena i familiari riconosceranno di desiderarla. Una parabola asciutta e crudele, che nella sua enigmatica perspicuità inscena (sono ancora parole di Debenedetti) l'espiazione dell'oscuro torto di essere al mondo.

È a questo filone narrativo, senza dubbio fra i più prestigiosi della tradizione otto-novecentesca, che Pontiggia si ricollega. La sua scelta è duplice. Sul piano tematico riprende la figura topica del *travet*, naturalmente spogliata dalla bonaria impronta comico-patetica dell'originale, e riletta nella chiave analitica, psicologico-esistenziale, dell'"inetto" sveviano (ai romanzi di Svevo dedicherà poi un importante saggio, pubblicato dal *Verri* nell'ottobre 1960). Sul piano espressivo, egli si colloca a un livello di letterarietà forbita: non elitaria o schifiltosa, ma sicuramente colta, e destinata in prima istanza a un pubblico in grado di apprezzare non solo l'avvertita, consapevole rielaborazione di modelli prestigiosi, ma soprattutto una misura stilistica di riconosciuta autorevolezza. A questa predilezione, diciamolo subito, per una letteratura di tipo "istituzionale" (educata, meditata, fondata su un'attenta cernita dei riferimenti culturali e su un'estrema sorvegliatezza dei mezzi espressivi), Pontiggia si manterrà sostanzialmente fedele anche in seguito. Lo scarto più vistoso avverrà nella direzione della sperimentazione neoavanguardistica, con *L'arte della fuga*, del 1968; i libri successivi dal *Giocatore invisibile* (1978) al *Raggio d'ombra* (1983), dalla *Grande sera* (1989) a *Vite di uomini non illustri* (1993), saranno contrassegnati dal recupero di una narratività dapprima distesa e affabile, quindi sempre più rastremata e concisa, fino alla perfezione cameristica di *Nati due volte* (2000).

Ma procediamo con ordine. Il protagonista della *Morte in banca* è un giovane, poco più che adolescente, designato sempre e solo come Carabba. L'abolizione del nome di battesimo, oltre a conferire al cognome un insolito rilievo (e fors'anche a evocare, all'orecchio dei kafkiani più accaniti, il nome di un coleottero), ha il valore di una riserva preventiva, di una pregiudiziale presa di distanza. È questa la spia di una certa qual freddezza del narratore nei riguardi del personaggio, che rappresenta bensì il "fuoco" della narrazione – condotta dal suo esclusivo punto di vista – ma con il quale il lettore non è sollecitato a identificarsi. Peraltro, non sarebbe improprio ravvisare nel semianonimato dell'eroe anche una sorta di censura emotiva: ad onta della giovane età, Carabba appare infatti sorprendentemente immune da turbamenti sensuali o da slanci affettivi. Nessuna meraviglia invece, visti i presupposti, che le figure di contorno vengano chiamate con nomi comuni, spesso coincidenti con una carica: il capufficio, il funzionario, il Segretario, il Capo del Personale. Tale procedimento, volto a sottolineare ora la costrizione degli individui entro ruoli socialmente precostituiti, ora l'incapacità o il rifiuto di perseguire una propria verità esistenziale, avrà largo seguito nella narrativa di Pontiggia: per esempio il protagonista del *Giocatore invisibile* sarà semplicemente il Professore, mentre *La grande sera* racconterà l'inutile ricerca di un personaggio senza nome. Nella *Morte in banca* è poi lo stesso Carabba, nei suoi discorsi con la madre, a ridurre i colleghi d'ufficio a "tipi" (quello che si lamenta, quello che è malvisto, quello che lavora troppo), salvo rendersi conto che non corrispondono alla realtà.

La vicenda, povera di eventi esteriori, è tutta giocata sull'evoluzione degli stati d'animo del protagonista. Carabba, assunto in banca dopo aver precocemente conseguito la maturità classica, ha verso il suo nuovo stato un atteggiamento ambiguo. Da un lato, poiché si tratta di una vita assai lontana dalle sue aspirazioni, rifiuta di identificarsi con il ruolo di impiegato, tanto più che viene adibito a mansioni ripetitive e del tutto prive di interesse. Dall'altro, poiché anche i lavori più noiosi e meccanici richiedono un minimo di abilità, egli soffre le ansie e gli impacci del novellino. Facile a distrarsi, confusionario per natura e soprattutto conscio della propria goffaggine, finisce per sentirsi umiliato dall'altrui destrezza, non meno che dai propri errori. È naturale quindi che ogni piccolo progresso, a compenso dell'apprensione iniziale, sia accompagnato da un senso di sollievo. Dopo le prime settimane di apprendistato, quando le cose cominciano a migliorare, Carabba si sentirà addirittura euforico. Non che si sia rassegnato alla condizione di *travet*: al contrario. Fin dal principio aveva accarezzato l'idea di conciliare il lavoro d'ufficio con prospettive diverse, e in particolare con la prosecuzione degli studi; a un certo punto aveva anche preso l'abitudine (già dell'Alfonso Nitti di *Una vita*) di recarsi la sera in biblioteca, godendosi, dopo il frastuono della banca, l'ovattata quiete della sala di lettura. Ora, superata qualche esitazione, decide di iscriversi alla facoltà di lingue, che ai fini della carriera gli sembra più adatta di lettere. L'università sembra avverare la prospettiva di "doppia vita", vagheggiata a compenso del grigiore dell'ufficio. Con molta fatica riesce a preparare un esame, d'una materia letteraria che al liceo gli era stata particolarmente congeniale; ma, alla prova dei fatti, non va oltre il minimo dei voti.

La delusione è cocente. Stordito ed esausto, Carabba vede adesso la propria situazione con occhio diverso. Egli non è, non potrà mai essere uno studente come gli altri: «lui lavorava in una banca e passava qui tutta la sua giornata. E questa esperienza contava, perché era lui a viverla, perché era la *sua* esperienza. Era inutile fingere di ignorarla, chiamarla pratica, transitoria» (p. 64). Altro che doppia vita. La sua vita è una: condizionata, segnata da un ruolo, da cui è velleità futile pretendere di estraniarsi. Con il crollo delle confuse aspirazioni del protagonista la vicenda volge alla conclusione; manca però ancora un ultimo, decisivo passo. Il fallimento al quale Carabba va incontro riguarda la prima (e unica) vita, non l'ipotetica seconda. La "morte in banca" non consiste semplicemente nella sottomissione a un ambiente sgradevole, a una disciplina di lavoro spersonalizzata – ciò a cui alludono i colleghi, esclamando «Che tomba, la banca!» (p. 20), ovvero ribattezzandola *galera* o *Caienna* (p. 30). La «morte» – in banca, come altrove – sta nell'adeguarsi così pienamente al meschino grigiore di una condizione, da farne il proprio unico, esclusivo orizzonte; e perdere così, insieme alla capacità di concepire prospettive diverse, la coscienza medesima del proprio stato.

> Incontrava a volte l'amico bancario e, facendolo parlare, ritrovava in lui la propria crisi, le stesse speranze deluse. Eppure non poteva accettare le conclusioni dell'altro. Certo, questo era strano: si irritava ancora, ad ascoltarle. Non poteva accettare che proprio la crisi, che gli aveva aperto gli occhi, gli imponesse una nuova finzione, impedendogli di vedere oltre. Che il fallimento fosse mentale. Ne provò una stretta d'angoscia. Ecco, era quella la morte: la morte in banca. Che era poi una delle infinite morti nella vita (p. 67).

In altre parole, una volta appurato che l'esistente mortifica la personalità, trincerarsi in uno scetticismo radicale, in un cinismo di comodo, significa rinunciare definitivamente a ogni possibile verità individuale. Se dietro la maschera dell'impiegato non resta più nulla, sarà giocoforza, in una maniera o nell'altra, tornare a identificarsi con quella maschera. Così il cerchio minaccia di chiudersi. Man mano che il tempo passa, Carabba si riprende. Alla crisi trascorsa pensa sempre meno; come già gli era accaduto in passato, guardarsi dall'esterno gli dà solo fastidio. La sua situazione in ufficio è migliorata; le opinioni dei colleghi non lo turbano più di tanto; le ferie sono ormai prossime. Dunque, l'inserimento nella banca è riuscito, ma anziché dell'inizio di una vita, potrebbe trattarsi della sanzione di un decesso. Nel sospeso, ellittico finale una prospettiva di riscatto è affidata all'immagine della città illuminata, simile a una scacchiera, dove forse si presenteranno nuove partite. Tuttavia nei successivi libri di Pontiggia – in cui i "fratelli carnali" si conteranno numerosi, sia fra i protagonisti (il già citato Professore, il dottor Mariano del *Raggio d'ombra*, il clerc dell'*Arte della fuga*) sia fra i comprimari – prevarrà un'insinuante pulsione mortuaria, e la metafora degli scacchi gioverà a designare meno l'abilità del personaggio – del giocatore "visibile" – che la sudditanza verso un sistema di regole inesorabilmente predeterminato. Non a caso le varie vicende prenderanno invece le mosse dall'emergenza dell'energia vitale, in precedenza ignorata o repressa, nella forma stravolta di un evento anomalo, imprevisto, perturbante: la calunnia, il delitto, il tradimento, la sparizione. In questa luce, *La morte in banca* può apparire come una sorta di preludio, che, bruciando l'epoca giovanile della fiducia e delle attese, lascia il campo alla "senilità" di personaggi non solo più anziani all'anagrafe, ma assuefatti da tempo a pascersi di sterili scorze di vita, e incalliti nell'autoinganno: chi più consapevole, chi meno, ma tutti egualmente complici dell'esistente, e tutti egualmente infelici.

Nella categoria dei "salariati della vita", Carabba si distingue per una mediocrità particolarmente desolante. A dispetto dei sogni di carriera, peraltro vaghissimi, egli sembra infatti incapace di porsi dei veri traguardi. Il suo fantasticare è misero: egli non mira a elaborare un originale sistema filosofico, come l'Alfonso di *Una vita*, né ricerca un compenso alle frustrazioni quotidiane inseguendo amori più o meno ideali; tutto quello che riesce a desiderare è andare all'università. Il che poi significa, in buona sostanza, regredire alla dimensione familiare e rassicurante della scuola: «A scuola si era sentito nel suo vero ambiente, nell'*unico ambiente* che faceva per lui» (p. 37). Nella sua immaturità scialba e rinunciataria, il semianonimo eroe della *Morte in banca* ricorda certi personaggi di Tozzi, dei quali tuttavia non condivide il torbido nucleo sentimentale, l'aggressività vulnerata disposta a ribaltarsi in sordo, impotente rancore. Il grigio di Carabba è cenere spenta, e già quasi fredda. Del resto, il suo mondo ha ormai perso ogni legame con realtà naturali feconde e mobili, come la campagna o il mare: lo scenario che indoviniamo sul fondale è fatto di asfalto, plastica, linoleum. E le figure umane che attorniano il protagonista sono, se possibile, ancor più esangui di lui.

Tutto ciò corrisponde, beninteso, a una precisa e consapevole strategia compositiva. Recuperando una serie di temi e caratteri di importanza cruciale nella letteratura contemporanea – la perdita delle illusioni giovanili, la scomparsa d'ogni immagine di autorità paterna, l'ingresso nell'età adulta come rinuncia all'autenticità personale, la sottomissione avvilita del *travet* – Pontiggia applica una serie di procedimenti selettivi e restrittivi, da cui gli apporti della tradizione escono scarnificati, ridotti all'osso. Il risultato è una narratività essenziale, rasciugata, quasi ossessivamente sobria, che sarà anche in seguito la cifra distintiva della sua opera. Un'opera che (fatte salve le differenze anche assai notevoli da libro a libro) appare nel complesso intesa a temperare novità e consuetudine, sperimentazione e leggibilità, con una consapevolezza autocritica quanto mai solerte, che ha persino qualcosa di manieristico; ma si tratta di un manierismo, per dir così, atticista, che punta alla stringatezza, alla concisione, a una linearità quasi geometrica di affabulazione e di eloquio. La mancanza di abbandono e di impeto creativo si risolve così in un'esemplare lezione di senso della misura: il che poi equivale a dire di buon gusto. In questo senso Pontiggia è forse il più "classico" fra gli scrittori italiani dei nostri anni.

La morte in banca, come si diceva, obbedisce a una norma generale di riduzione e di alleggerimento delle strutture narrative: l'autore procede "per forza di levare", a ogni livello di organizzazione del testo. La vicenda è narrata in una sequenza di paragrafi brevi, ciascuno dedicato a un episodio, a una riflessione, a un incontro. La fitta scansione, associata alla semplicità della sintassi e alla frequenza degli a capo, crea una diffusa impressione di silenzio, che non riflette tanto una realtà fisica (in banca c'è anzi spesso un gran rumore), quanto l'interiore reticenza del protagonista. Carabba infatti è bensì ripiegato su se stesso, intento a salvaguardare la propria personale visione delle cose dalle opinioni altrui (nonché dall'evidenza della realtà), ma rilutta a scrutare con schiettezza il proprio animo. La sua introspezione è capziosa e intermittente, e la stessa "epifania" conclusiva, cioè la scoperta del proprio vero stato, ha il carattere di un'illuminazione esterna, che lo coglie alla sprovvista. Gli altri personaggi, come già si accennava, non hanno spessore. Il più importante è la madre, che riceve (e sollecita) confidenze di attendibilità dubbia, regolarmente alternate per tutta la prima parte del racconto alle scene d'ufficio. Fra le righe s'intuisce un rapporto di travagliata simbiosi, di reciproca frustrante dipendenza; ma le radici della labilità emotiva e caratteriale del protagonista rimangono occultate. All'introversione del protagonista corrisponde un'ambientazione quasi tutta di interni: la banca, con i suoi vari locali, più o meno angusti e tetri, la casa (tre stanze, all'ultimo piano di «un immenso, grigio alveare di periferia», p. 12), la biblioteca, un'aula scolastica, il tram. Gli esterni sono rari, e gravati dall'ipoteca di attigue chiusure: una sosta alla fermata dell'autobus, un tramonto contemplato dalla finestra dell'ufficio. Ne sortisce un senso di forte delimitazione spaziale, prodotto tanto da circostanze esteriori, quanto da inclinazioni soggettive; come dimostra il fatto che lo sguardo osa spingersi fino all'orizzonte solo quando è protetto da un vetro.

Un altro dato notevole è la mancanza di una figura antagonistica. Se si eccettua l'isolata scena che lo vede impacciato istruttore di un apprendista un po' più sveglio di lui, Carabba non ha rivali (sì, se mai, compagni di prigionia). Benché le insinuazioni dei colleghi lo infastidiscano, verso gli altri egli non prova né ostilità, né vera invidia. Desidera un'esistenza diversa, ma non la vede incarnata in alcun modello, né riesce a figurarsela. Orfano di padre, è immune da rimproveri, rimpianti, sensi di colpa o di inadeguatezza. La realtà in cui si trova immerso appare uniformemente squallida; se le figure umane che la popolano possono essere considerate vittime, degli oppressori non c'è traccia alcuna. A soggiogare i *travet*, in banca o altrove, è un meccanismo assolutamente impersonale, che ha la fatalità ineluttabile degli eventi naturali: e che di conseguenza esalta la congenita meschinità del protagonista, accentuandone l'isolamento esistenziale.

Ma naturalmente è allo stile, più che ad ogni altro elemento del testo, che viene affidata la ricerca dell'essenzialità. La scrittura di Pontiggia appare già in questa prova d'esordio estremamente efficace: asciutta, nitida, lineare, a volte spigolosa, e sempre consona allo spirito – alla costellazione – del protagonista. All'ottica del quale il racconto si attiene rigorosamente, ma in maniera tale da cogliere, oltre la sua volontà (ancorché attraverso la sua percezione), l'affiorare della coscienza che si imporrà soltanto, e in via ambigua o provvisoria, verso la fine.

> «In ogni caso» riprese Carabba, stringendosi nelle spalle «non è che io conti sulla banca, viva soltanto della banca.»
>
> Cominciò allora a spiegargli della doppia vita, del tempo libero, dopo le sei, quando uno, se vuole, torna come prima eccetera eccetera.
>
> Irritato dai sorrisi di lui, trovò che l'ambiente poteva anche riuscire divertente, con i suoi personaggi tipici e le immancabili scenette, sempre che uno non ne faccia il centro della propria esistenza.
>
> Erano fermi nella piazza.
>
> Il discorso si esaurì progressivamente.
>
> Tacevano da poco, sbucò dalla nebbia un tram, che Carabba si affrettò a prendere.
>
> L'amico lo salutò allegro (pp. 44-45).

Così procede Pontiggia: per allusioni, sospensioni, condensazioni, silenzi, senza mai concedersi enfasi, se non (eventualmente) nell'uso della pausa, secondo il costume degli aforisti – e infatti i saggi e pensieri raccolti nel *Giardino delle Esperidi* (1984), nell'*Isola volante* (1996), in *Prima persona* (2002) inclineranno volentieri alla sinteticità lapidaria dell'aforisma. Ma l'aspetto più peculiare della *Morte in banca*, dal punto di vista espressivo, è senza dubbio il largo ricorso a locuzioni e termini tecnici, che trasmettono meglio di ogni avverbio o attributo il senso di una *routine* prosaica, priva d'interesse, tollerata a fatica, eppure capace di insinuare nell'animo dei personaggi, assieme al proprio linguaggio, una contagiosa sottomissione alle cose. Non a caso Carabba – che già abbiamo visto timbrare cambiali con il numeratore, battere importi e spuntare effetti al Portafoglio Incasso – viene sorpreso dall'inattesa coscienza di sé mentre lavora all'addizionatrice della Statistica. Anzi, mentre inganna la noia cercando di prevedere quante volte sarebbe apparso il numero 21. Un passatempo che, nella sua oppiacea meccanicità, contiene tutta la morale della storia: l'adattamento come sprofondamento nel torpore, come tensione e assuefazione a uno stato vegetativo. La morte, in banca.

Completano il libro sedici racconti, suddivisi in tre serie. La prima risale al '59; la seconda venne aggiunta nell'edizione mondadoriana del '79; la terza comprende cinque testi, raccolti ora per la prima volta in volume. Al di là dell'opportunità editoriale (peraltro ineccepibile) di tenere unite le narrazioni brevi, tale progressiva espansione del testo d'esordio ne conferma il carattere seminale e germinativo. Se non stupisce che nei racconti più antichi il tema della condizione impiegatizia torni a più riprese, quasi delineando possibili varianti o integrazioni della *Morte in banca*, è invece assai notevole che Pontiggia abbia sentito a distanza di oltre vent'anni il bisogno di rifarsi nuovamente a quell'esperienza giovanile con un racconto che non solo per rispetto della cronologia è posto a conclusione del volume. Nella *Storia di un verbalista* (1985) l'affrancamento dalla mortificante burocrazia bancaria finalmente si avvera: ma nella forma di una "doppia vita" che, anziché contestare, reduplica (e perciò irrobustisce), la generale sottomissione a un sistema di poteri occulti e soverchianti. L'impiegato Barbi, che s'inventa le informazioni riservate sui clienti e in segreto collabora con un'agenzia, non ha insomma nulla a che vedere con il ragioniere modello della *Notte dei numeri* di Calvino, al cui svarione contabile veniva attribuito il valore di un gesto di ribellione, di un simbolico sabotaggio; la segreta fronda del verbalista non è che una forma più elaborata e corriva di adattamento all'esistente.

Per il resto, ovunque circola in questi racconti la medesima atmosfera di inaridito straniamento: i personaggi non si riconoscono in ciò che fanno, stanchezza e conformismo imperano, i rapporti umani sono improntati a diffidenza, incomprensione, disamore. Solo nei testi più recenti, raccolti nella terza e quarta parte, emerge invece con chiarezza la vena umoristica, che è uno degli aspetti salienti del più maturo Pontiggia romanziere. Il pessimismo non si attenua; si fa anzi, se possibile, più sconsolato. Ad arricchire la rappresentazione, a conferirle mordente e varietà, interviene però una vivace ironia, spesso sinceramente divertita, ma non perciò meno acre. È in questa direzione, cioè nell'intreccio fra la tematica esistenziale originaria e la satira, che Pontiggia ha compiuto le sue prove più convincenti, trovando, nello stesso tempo, il suo timbro narrativo più originale. Penso per esempio al *Raggio d'ombra*, a certi capitoli della *Grande sera*, a tante delle *Vite di uomini non illustri*; e si veda anche, in questa stessa raccolta, l'annoiato *Lettore di casa editrice* che s'imbatte per sbaglio, senza riconoscerlo, nel dattiloscritto di *Delitto e castigo*. Ma forse la figura che meglio s'imprime nella memoria è quella del poeta del *Gioco della verità*, il quale, disilluso e decrepito, coglie un estremo segno di vita nell'immagine e nel nome dei gabbiani che volteggiano sopra le acque del porto. Il "marasma senile" di cui egli avverte l'insidia non è infine tanto nello sfaldamento della sua memoria – che sta lentamente perdendo, a una a una, il senso delle parole – quanto in un insulso uso sociale del linguaggio, che svuota di significato ogni contatto con il mondo circostante. I silenzi di Carabba si sublimano così nell'afasia del vecchio poeta, arreso all'impossibilità di comunicare con gli altri: ultimo paradigma di saggezza in un mondo che ha smarrito – e senza avvedersene, per gioco, come in una farsa tragica – ogni confine tra verità e menzogna.

Mario Barenghi

Nota bibliografica

Giuseppe Pontiggia (Como 1934 – Milano 2003), narratore e saggista, ha pubblicato le seguenti opere:

La morte in banca («Quaderni del Verri», 1959; II edizione riveduta e ampliata Mondadori, Milano 1979; III edizione riveduta e ampliata Oscar Mondadori, Milano 1991, 2003)
L'arte della fuga (Adelphi, Milano 1968; II edizione riveduta e ampliata Adelphi, Milano 1990)
Il giocatore invisibile (Mondadori, Milano 1978; Oscar Mondadori, Milano 1989, 2001)
Il raggio d'ombra (Mondadori, Milano 1983; II edizione riveduta e ampliata Oscar Mondadori, Milano 1988, 2002)
Il giardino delle Esperidi (Adelphi, Milano 1984)
La grande sera (Mondadori, Milano 1989; Premio Strega 1989; II edizione riveduta Oscar Mondadori, Milano 1995, 2001)
Le sabbie immobili (Il Mulino, Bologna 1991; Premio Satira politica – Forte dei Marmi 1992)
Vite di uomini non illustri (Mondadori, Milano 1993; Premio Super Flaiano 1994; Oscar Mondadori, Milano 1999, 2001)
Portrait de l'artiste de taille (édition bilingue Tour de Babel, Parigi 1995)
L'isola volante (Mondadori, Milano 1996; Oscar Mondadori, Milano 2002)
I contemporanei del futuro. Viaggio nei classici (Mondadori, Milano 1998; Oscar Mondadori, Milano 2001)
Nati due volte (Mondadori, Milano 2000; Premio Campiello 2001, Oscar Mondadori, Milano 2002)
Prima persona (Mondadori, Milano 2002, Oscar Mondadori 2003)

Le sue opere sono state tradotte in numerosi paesi europei ed extraeuropei.

Traduzioni

Bonvesin da la Riva, *Le meraviglie di Milano*, prefazione di Maria Corti, Bompiani, Milano 1974
Decimo Magno Ausonio, *La Mosella*, Verba Edizioni, Milano 1984

Scritti su Giuseppe Pontiggia

U. Marvardi, in «La Fiera letteraria», 5 febbraio 1961
M. Ferronato, in «Letture», XXIII, 12, dicembre 1968
P. Dallamano, in «Paese Sera», 2 febbraio 1969
V. Vettori, in «Il Telegrafo», 6 febbraio 1969
R. Barilli, in «Corriere della Sera», 13 febbraio 1969
G.C. Ferretti, in «Rinascita», VIII, 21 febbraio 1969
G. Testa, in «Quindici», XV, marzo 1969
G. Cristini, in «Avvenire», 21 marzo 1969
L. Anceschi, in «il Verri», 32, 1970
A. Contò, in «Quinta generazione», 1978
R. Minore, in «Il Messaggero», 7 marzo 1978
L. Mondo, in «La Stampa», 10 marzo 1978
C. Marabini, in «Il Resto del Carlino», 16 marzo 1978
P. Dallamano, in «Paese Sera», 19 marzo 1978
G. Nascimbeni, in «Corriere della Sera», 19 marzo 1978
M. Pancera, in «Corriere d'informazione», 25 marzo 1978
G. Raboni, in «Tuttolibri» (suppl. a «La Stampa»), 25 marzo 1978
A. Giuliani, in «la Repubblica», 2 aprile 1978
M. Corti, in «Il Giorno», 2 aprile 1978
D. Porzio, in «Panorama», 4 aprile 1978
G. Mameli, in «L'Unione sarda», 8 aprile 1978
G. Pampaloni, in «il Giornale», 9 aprile 1978
W. Mauro, in «Il Popolo», 15 aprile 1978
N.F. Poliaghi, in «Arena di Pola», 18 aprile 1978
W. Pedullà, in «Avanti!», 19 aprile 1978
P. Milano, in «L'Espresso», 23 aprile 1978
R. Cantini, in «Epoca», 25 aprile 1978
G. Finzi, in «Giorni e vie nuove», 26 aprile 1978
G. Bonura, in «Avvenire», 27 aprile 1978
C. Del Teglio, in «La Provincia», 28 aprile 1978
E. Fabiani, in «Gente», 29 aprile 1978
F. Gianfranceschi, in «Il Tempo», 5 maggio 1978
C. Fruttero, F. Lucentini, in «La Stampa», 6 maggio 1978
B. Maier, in «Il Piccolo», 3 giugno 1978
C. Toscani, in «Il Ragguaglio librario», XLV, 6, giugno 1978

G. Pandini, in «Gazzetta di Parma», 8 giugno 1978
G. De Rienzo, in «Famiglia Cristiana», 11 giugno 1978
M. Cucchi, in «l'Unità», 12 giugno 1978
M. Prisco, in «Oggi», 17 giugno 1978
V. Faggi, in «Giornale di Brescia», 21 luglio 1978
G. Imperatori, in «Gazzetta di Padova», 21 luglio 1978
C. Sgorlon, in «Il Gazzettino», 14 settembre 1978
G. Manganelli, in «Tuttolibri» (suppl. a «La Stampa»), 2 dicembre 1978
F. Zangrilli, in «The Canadian Journal of Italian Studies», 1979
M. Cucchi, in «Il Giorno», 1 aprile 1979
G. Raboni, in «Tuttolibri» (suppl. a «La Stampa»), 7 aprile 1979
C. Del Teglio, in «La Provincia», 15 aprile 1979
G. Gramigna, in «Corriere della Sera», 15 aprile 1979
F. Gianfranceschi, in «Il Tempo», 20 aprile 1979
G. Mameli, in «L'Unione sarda», 21 aprile 1979
R. Minore, in «Il Messaggero», 25 aprile 1979
O. Cecchi, in «Rinascita», 27 aprile 1979
I. Scaramucci, in «Il Ragguaglio librario», XLVI, 5, maggio 1979
F. Piemontese, in «Paese Sera», 6 maggio 1979
C. Toscani, in «Brescia oggi», 8 maggio 1979
G. Bonaviri, in «La Gazzetta del Popolo», 24 maggio 1979
C. Del Teglio, in «Como», 2, estate 1979
G. Amoroso, in «Gazzetta del Sud», 8 giugno 1979
C. Marabini, in «Il Resto del Carlino», 23 giugno 1979
M. Abbate, in «Gazzetta del Mezzogiorno», 29 giugno 1979
B. Maier, in «Il Piccolo», 3 luglio 1979
M. Grasso, in «Messaggero veneto», 6 luglio 1979
V. Gazzola-Stacchini, in *La letteratura italiana. Storia e testi*, (a cura di C. Muscetta), vol. X, t. I, Bari, Laterza 1980
N. Majellaro, in «Nuova Corrente», 82-83, 1980
D. Marcheschi, in «Moderna Språk», Nacka, 1980 e in «Rassegna Lucchese», 6, 1981
D. De Camilli, in «Italianistica», X, 1, gennaio-aprile 1981
P. Ruffilli, in «Il lettore di provincia», XII, 45-46, giugno-settembre 1981
L. Lattarulo, in *La ricerca narrativa tra logica e misticismo*, Edizioni Carte Segrete, Roma 1982
G. Amoroso, in *Narrativa italiana 1975-1983 con vecchie e nuove varianti*, Mursia, Milano 1983
G. Bettin, in «Linea d'ombra», 2, 1983
G.C. Ferretti, in *Il bestseller all'italiana*, Laterza, Bari 1983
A. Giuliani, in *Autunno del Novecento*, Feltrinelli, Milano 1983

E. Siciliano, in *Racconti italiani del Novecento*, Mondadori, Milano 1983
C. Del Teglio, in «La Provincia», 27 marzo 1983
G. Mariotti, in «L'Espresso», 27 marzo 1983
C. Toscani, in «Il Piccolo», 2 aprile 1983
F. Gianfranceschi, in «Il Tempo», 8 aprile 1983
G. Testa, in «L'Ora», 8 aprile 1983
E. Croce, in «La Nazione», 9 aprile 1983
A. Giuliani, in «la Repubblica», 10 aprile 1983
C. Sgorlon, in «il Giornale», 10 aprile 1983
G. Cherchi, in «Il manifesto», 13 aprile 1983
P. Citati, in «Corriere della Sera», 13 aprile 1983
L. Surdich, in «Il Secolo XIX», 13 aprile 1983
C. Marabini, in «Il Resto del Carlino», 14 aprile 1983
M. Grasso, in «Giornale di Sicilia», 15 aprile 1983
A. Guglielmi, in «Paese Sera», 15 aprile 1983
W. Pedullà, in «Avanti!», 15 aprile 1983
M. Silvera, in «Vogue Italia», 15 aprile 1983
L. Mondo, in «Tuttolibri» (suppl. a «La Stampa»), 16 aprile 1983
R. Crovi, in «Il Giorno», 17 aprile 1983
G. Raboni, in «Il Messaggero», 20 aprile 1983
F. Piemontese, in «Il Mattino», 21 aprile 1983
O. Cecchi, in «Rinascita», 22 aprile 1983
L. Simonelli, in «La Domenica del Corriere», 22 aprile 1983
G. Pandini, in «Giornale di Brescia», 30 aprile 1983
A. Porta, in «Alfabeta», 48, maggio 1983
L. Grazioli, in «Bergamo-oggi», 3 maggio 1983
R. Bertacchini, in «La Notte», 4 maggio 1983
R. Quadrelli, in «Prospettive Libri», 4 maggio 1983
G. Bonura, in «Avvenire», 5 maggio 1983
A. Scurani, in «Letture», XXXVIII, 5, maggio 1983
F. Brevini, in «Libera Stampa», 7 maggio 1983
D. Porzio, in «Panorama», 9 maggio 1983
R. Cantini, in «Epoca», 13 maggio 1983
O. del Buono, in «L'Europeo», 21 maggio 1983
G. Marrone, in «Il Giornale di Sicilia», 1 giugno 1983
G. Vizzari, in «L'Umanità», 5 luglio 1983
L. Meneghelli, in «L'Arena», 7 luglio 1983
L. Lattarulo, in «Rivista Europea», V, 17, novembre 1983
C. Viviani, in «Lunarionuovo», 27, novembre-dicembre 1983
G. Tedeschi, in «Giornale di Lecce», 1 dicembre 1983
L. Fontanella, in «Gradiva», 1/New Series, 1984
D. Marcheschi, in «Rassegna lucchese», 19-20, 1984

M. Forti, in «Nuova Antologia», 2149, gennaio-marzo 1984
G. Rugarli, in «Rivista milanese di economia», 10, aprile-giugno 1984
A. Guglielmi, in «Paese Sera», 23 maggio 1984
R. Minore, in «Il Messaggero», 26 maggio 1984
E. Siciliano, in «Corriere della Sera», 30 maggio 1984
F. Zangrilli, in «Rivista di studi italiani», II, 1, giugno 1984
F. Piemontese, in «Il Mattino», 1 giugno 1984
G. Raboni, in «Rinascita», 2 giugno 1984
C. Del Teglio, G. Dego, A. Longatti, in «La Provincia», 10 giugno 1984
V. Faggi, in «Giornale di Brescia», 12 giugno 1984
C. Marabini, in «Il Resto del Carlino», 17 giugno 1984
C. Sgorlon, in «il Giornale», 17 giugno 1984
C. Fantazzi, in «World Literature Today», 58, 3, estate 1984
G. Finzi, in «Avvenire», 7 luglio 1984
G. Mameli, in «L'Unione sarda», 7 luglio 1984
L. Mondo, in «Tuttolibri» (suppl. a «La Stampa»), 14 luglio 1984
G. Giudici, in «L'Espresso», 15 luglio 1984
L. Piccioni, in «Il Tempo», 20 luglio 1984
R. Crovi, in «Il Giorno», 22 luglio 1984
C. Maffi, in «Il Borghese», 29 luglio 1984
G. Tedeschi, in «Il Popolo», 1 agosto 1984
P. Gibellini, in «il Giornale», 5 agosto 1984
D. Porzio, in «Panorama», 6 agosto 1984
C. Toscani, in «Il Piccolo», 6 agosto 1984
S. Giovanardi, in «la Repubblica», 11 settembre 1984
M. Cucchi, in «l'Unità», 20 settembre 1984
G. Pandini, in «Gazzetta di Parma», 27 settembre 1984
F.L. Galati, in «L'Osservatore Romano», 1 ottobre 1984
S. Addamo, in «La Sicilia», 5 ottobre 1984
A. Girola, in «Corriere della Provincia», 5 novembre 1984
C. Del Teglio, in *Leucensia*, Editrice C.B.R.S., Lecco 1985
R. Minore, in *Il gioco delle ombre*, SugarCo, Milano 1985
G. Spagnoletti, in *La letteratura del nostro secolo*, Mondadori, Milano 1985
F. Tempesti, in «Poliorama», 3, 1985
A. Ederle, in «L'Arena», 21 febbraio 1985
I. Scaramucci, in «Il Ragguaglio librario», LII, 4, aprile 1985
F. Bouchard, in «La Quinzaine littéraire», 450, 1-15 novembre 1985
A. Rinaldi, in «L'Express», 15-21 novembre 1985
G. Orelli, in «Azione», 19 dicembre 1985
C. Viredaz, in «Journal de Genève», 28 dicembre 1985
A. Pietropaoli, in *Ai confini del giallo. Teoria e analisi della narrativa gialla ed esogialla*, Edizioni Scientifiche Italiane, Napoli 1986

F. Zangrilli, in «Quaderni d'italianistica», VII, 2, autunno 1986
G. Manacorda, in *Letteratura italiana d'oggi 1965-1985*, Editori Riuniti, Roma 1987
L. Lattarulo, Introduzione a G. Pontiggia, *Il raggio d'ombra*, II edizione riveduta e ampliata, Oscar Mondadori, Milano 1988
G. Cherchi, in «l'Unità», 3 febbraio 1988
G.C. Ferretti, in «Panorama», 27 marzo 1988
C. Prévost, in «L'Humanité», 8 giugno 1988
R. de Ceccatty, in «La Quinzaine littéraire», 511, 16 giugno 1988
M. Grazier, in «Télérama», 18 giugno 1988
A. Moravia, in «Corriere della Sera», 24 luglio 1988
J.-N. Pancrazi, in «Le Monde», 29 luglio 1988
D. Marcheschi, Introduzione a G. Pontiggia, *Il giocatore invisibile*, Oscar Mondadori, Milano 1989
C. Altarocca, in «La Stampa», 15 aprile 1989
R. Minore, in «Il Messaggero», 15 aprile 1989
G. Amoroso, in «Gazzetta del Sud», 25 aprile 1989
A. Longatti, in «La Provincia», 25 aprile 1989
A. Grasso, in «Il Secolo XIX», 29 aprile 1989
A. Moravia, in «Corriere della Sera», 3 maggio 1989
G. Bonura, in «Avvenire», 6 maggio 1989
L. Canali, in «Paese Sera», 7 maggio 1989
C. Marabini, in «Il Resto del Carlino», 9 maggio 1989
L. Mondo, in «La Stampa», 9 maggio 1989
B.P. Boschesi, in «Il mattino dell'Alto Adige» e in «L'Adige», 11 maggio 1989
R. Ceserani, in «Il manifesto», 11 maggio 1989
V. Faggi, in «Giornale di Brescia», 11 maggio 1989
A. Cattabiani, in «Il Sabato», 13 maggio 1989
S. Campailla, in «Il Messaggero veneto», 14 maggio 1989
G. Gerosa, in «Il Giorno», 14 maggio 1989
G. Pampaloni, in «il Giornale», 14 maggio 1989
C. Toscani, in «Brescia oggi», 14 maggio 1989
G. Rugarli, in «Il Messaggero», 15 maggio 1989
S. Addamo, in «La Sicilia», 16 maggio 1989
G. Lagorio, in «l'Unità», 17 maggio 1989
M. Picchi, in «L'Espresso», 21 maggio 1989
C. Sgorlon, in «Corriere di Pordenone» e in «Il Piccolo», 21 maggio 1989
A. Giuliani, in «la Repubblica», 25 maggio 1989
L. Piccioni, in «Il Tempo», 26 maggio 1989
M. Coretti, in «Il banco di lettura», II, 4, giugno 1989
E. Golino, in «Millelibri», giugno 1989

L. Lattarulo, in «Il Nuovo Spettatore italiano», 53-54, giugno-luglio 1989
F. Grisi, in «Il Giornale d'Italia», 2 giugno 1989
G.M. Poddighe, in «La Nuova Sardegna», 3 giugno 1989
F. Piemontese, in «Il Mattino», 6 giugno 1989
G. De Rienzo, in «Famiglia Cristiana», 7 giugno 1989
G. Giarola Tavoso, in «L'Arena» e in «Il Giornale di Vicenza», 8 giugno 1989
G. Salvadori Del Prato, in «Alto Adige», 8 giugno 1989
F. Diwan, in «Grazia», 18 giugno 1989
F. Portinari, in «Panorama», 18 giugno 1989
C. Sgorlon, in «La Nazione», 21 giugno 1989
G. Tedeschi, in «Il Popolo», 21 giugno 1989
M. Barenghi, in «Linea d'ombra», 40, luglio-agosto 1989
F.L. Galati, in «L'Osservatore Romano», 9 luglio 1989
G. Orelli, in «Azione», 13 luglio 1989
R. Mussapi, in «Il Sabato», 29 luglio 1989
D. Porzio, in «Millelibri», agosto 1989
C. Casoli, in «Città Nuova», XXXIII, 15-16, 10-25 agosto 1989
D. Marcheschi, in «il Verri», settembre-dicembre 1989
F. Piemontese, in «Il Mattino», 6 settembre 1989
P. Bruni, in «Il Tiraccio», ottobre 1989
G. Marchetti, in «Gazzetta di Parma», 18 ottobre 1989
G. Dell'Arti, in «il Venerdì» (suppl. a «la Repubblica»), 3 novembre 1989
A. Guffanti De Franceschi, in «Prosapoesia» (suppl. a «Artestampa»), 3, dicembre 1989
F. Zangrilli, in «Rivista di Studi pirandelliani», 3, VII, dicembre 1989
A. Cadioli, in «Lingua e letteratura», 14-15, 1990
G. Chiarelli, in «Informazione flash», 10 marzo 1990
C. Fruttero, F. Lucentini, in «Tuttolibri» (suppl. a «La Stampa»), 7 aprile 1990
G. Orelli, in «Azione», 12 aprile 1990
E. Rasy, in «L'Espresso», 22 aprile 1990
G. Pandini, in «La Provincia di Cremona», 28 aprile 1990
G. Amoroso, in «La biblioteca di Shaharazad», maggio 1990
F. Piemontese, in «Il Mattino», 1 maggio 1990
R. de Ceccatty, in «Il Messaggero», 5 maggio 1990
R. Oberti, in «La Provincia», 10 maggio 1990
R. Gramigna, in «Corriere della Sera», 13 maggio 1990
R. Mele, in «Il Giornale d'Italia», 15 maggio 1990
G. Ferretti, in «Panorama», 17 giugno 1990
S. Muddolon, in «L'Arena», 21 giugno 1990
E. Paccagnini, in «Il Sole-24 Ore», 24 giugno 1990

M. Dentone, in «Il Ragguaglio librario», 9 settembre 1990
M. Barenghi, Introduzione a G. Pontiggia, *La morte in banca*, Oscar Mondadori, Milano 1991
G. Mercogliano, in *Un mondo senza parole*, Pietro Lacaita Editore, Manduria-Bari-Roma 1991
F. Vitoux, in «Le Nouvel Observateur», 18 aprile 1991
R. de Ceccaty, in «Le Monde», 19 aprile 1991
A. Sarrabayrouse, in «La Quinzaine littérarie», 2 maggio 1991
G. Cherchi, in «l'Unità», 8 maggio 1991
S. Addamo, in «La Sicilia», 10 maggio 1991
M. Alloni, in «Profili letterari», I, giugno 1991
D. Marchetta, in «Gazzetta del Sud», 4 giugno 1991
A. Ederle, in «L'Arena» e «Giornale di Vicenza», 6 giugno 1991
A. Todisco, in «Il Resto del Carlino», 17 giugno 1991
M. Dentone, in «Misure Critiche», XXI, 80-81, luglio-dicembre 1991
V. Faggi, in « Giornale di Brescia», 16 luglio 1991
M. Serri, in «Wimbledon», II, 16, luglio-agosto 1991
G. Ferretti, in «Panorama», 4 agosto 1991
E. Paccagnini, in «Il Sole-24 Ore», 1 settembre 1991
A. Barberis, in «Millelibri», 46, ottobre 1991
G. Almansi, in «Panorama», 6 ottobre 1991
G. Cherchi, in «Panorama», 6 ottobre 1991
G. Pagani, in «La Provincia», 6 ottobre 1991
S. Fiori, in «la Repubblica», 12 ottobre 1991
D. Basili, in «Gazzetta del Sud», 13 ottobre 1991
G. Pampaloni, in «il Giornale», 13 ottobre 1991
G. Amoroso, in «Gazzetta del Sud», 15 ottobre 1991
F. Piemontese, in «Il Mattino», 15 ottobre 1991
R. Cotroneo, in «Wimbledon», II, 18, ottobre 1991
G. Bonura, in «Avvenire», 20 ottobre 1991
A. Sensini, in «Il Gazzettino», 20 ottobre 1991
G. Marchetti, in «Gazzetta di Parma», 23 ottobre 1991
A. Guglielmi, in «La Stampa», 26 ottobre 1991
F. Mannoni, in «La Provincia», 26 ottobre 1991
G. Pandini, in «La Provincia», 27 ottobre 1991
M. Corti, in «Millelibri», 47, novembre 1991
F. Panzeri, in «Esagono», 4 novembre 1991
S. Volpe, in «Giornale di Sicilia», 4 novembre 1991
G. Lugaresi, in «Il Gazzettino», 7 novembre 1991
C. Marabini, in «Il Resto del Carlino», 8 novembre 1991
G. Annibaldis, in «Gazzetta del Mezzogiorno», 13 novembre 1991
R. Bertacchini, in «Messaggero Veneto», 17 novembre 1991
A. Mieli, in «Famiglia Cristiana», 20 novembre 1991

P. Ruffilli, in «Il Mattino», 27 novembre 1991
G. Saltini, in «La Nuova Gazzetta di Modena», 4 dicembre 1991
C. Toscani, in «Brescia oggi», 18 dicembre 1991
R. Bertacchini, in *Il romanzo del novecento in Italia*, Edizione Studium, Roma 1992
C. Segre, C. Martignoni, in *Testi nella storia. Il Novecento*, Edizioni scolastiche Bruno Mondadori, Milano 1992
F. Zangrilli, in *La forza della parola*, Longo Editore, Ravenna 1992
F. Velonà, in «Leggere», 37, gennaio 1992
P. Cigada, in «Il Sole-24 Ore», 5 gennaio 1992
V. Volpini, in «Famiglia Cristiana», 3, 14 gennaio 1992
M. Alloni, in «Profili letterari», II, aprile 1992
E. La Stella, in «Excelsior», 75, aprile 1992
P. Pugni, in «Studi Cattolici», giugno 1992
W. Pedullà, in *Le caramelle di Musil*, Rizzoli, Milano 1993
R. Bertacchini, in «Rassegna di cultura e vita scolastica», gennaio-febbraio 1993
C. Segre, in «Corriere della Sera», 21 settembre 1993
C. Fruttero, F. Lucentini, in «Panorama», 26 settembre 1993
G. Bonura, in «Avvenire», 26 settembre 1993
E. Paccagnini, in «Il Sole-24 Ore», 26 settembre 1993
G. Pampaloni, in «il Giornale», 26 settembre 1993
L. Mondo, in «Il Tempo», 27 settembre 1993
G. Amoroso, in «Gazzetta del Sud», 28 settembre 1993
C. Marabini, in «Nuova Antologia», anno 128, fasc. 2188, ottobre-dicembre 1993
L. Mondo, in «Tuttolibri» (suppl. a «La Stampa»), XVIII, 873, ottobre 1993
G. Mameli, in «L'Unione sarda», 2 ottobre 1993
A. Longatti, in «La Provincia», 3 ottobre 1993
F. Mannoni, in «La Provincia», 3 ottobre 1993
M. Rusconi, in «L'Espresso», 3 ottobre 1993
M. Barenghi, in «l'Unità», 4 ottobre 1993
N. Salvalaggio, in «Il Gazzettino», 4 ottobre 1993
L. Di Malta, in «Grazia», 6 ottobre 1993
C. De Michelis, in «L'Arena», 9 ottobre 1993
A. Mieli, in «Il Giorno», 10 ottobre 1993
L. Doninelli, in «Il Sabato», 16 ottobre 1993
R. Bertacchini, in «l'Indipedente», 17 ottobre 1993
A. Giuliani, in «la Repubblica», 20 ottobre 1993
L. Grazioli, in «Il manifesto», 21 ottobre 1993
I. Servello, in «Giornale di Sicilia», 23 ottobre 1993
A. Guglielmi, in «L'Espresso», 24 ottobre1993

A. Tinterri, in «Il Secolo XIX», 24 ottobre 1993
P. Pugni, in «L'Eco di Bergamo», 28 ottobre 1993
I. Rosato, in «Corriere del Ticino», 28 ottobre 1993
L. Romano, in «Panorama», 31 ottobre 1993
P. Ruffilli, in «La tribuna», 13 novembre 1993
R. Minore, in «Il Messaggero», 17 novembre 1993
G. Calciolari, in «Altra Italia», dicembre 1993
V. Coletti, in «L'Indice dei libri del mese», dicembre 1993
C. Toscani, in «Il Ragguaglio librario», LX, 12, dicembre 1993
F. Piemontese, in «Il Mattino», 28 dicembre 1993
M. Barenghi, *Tirature-'94*, Baldini & Castoldi, Milano 1994
G. Fofi, in «Linea d'Ombra», 89, gennaio 1994
G. Raboni, in «Nuovi Argomenti», 49, gennaio-marzo 1994
S. Valzania, in «Agonistika News», anno IV, n. I, gennaio-marzo 1994
L. Caricato, in «Voce del Sud», 8 gennaio 1994
M. Dentone, in «Bacherontius», febbraio 1994
V.M. Oreggia, in «Leggere», VII, 57, febbraio 1994
A. Guffanti de Franceschi, in «Prosapoesia» (suppl. a «Artestampa»), marzo 1994
R. Mussapi, in «Gazzetta di Parma», 1 giugno 1994
F. Parazzoli, in «Famiglia Cristiana», 20 luglio 1994
R. Barilli, in «L'immaginazione», 113, agosto-settembre 1994
L. Fontanella, in «America oggi», 18 dicembre 1994
F. Parazzoli, in «Famiglia Cristiana, 50, 21 dicembre 1994
R. Barilli, in *La neoavanguardia italiana*, Il Mulino, Bologna 1995
K. Ernst, in «ORF», 12 marzo 1995
S., in «Fraulisches Tag», 25 marzo 1995
U. März, in «Die Zeit», 7 aprile 1995
R. Meyer, in «Göttinger Tageblatt», 8 aprile 1995
R.H. Wiegenstein, in «Süddeutsche Zeitung», 8 aprile 1995
R. Konersmann, in «Faz», 11 aprile 1995
S. Schulze-Gattermann, in «Hamburger Abendblatt», 18 aprile 1995
K. Deventer, in «Berliner Zeitung», 20 aprile 1995
A. Giuliani, in «la Repubblica», 17 dicembre 1995
D. Marcheschi, Postfazione a G. Pontiggia, *La grande sera*, ediz. riveduta, Oscar Mondadori, Milano, 1995
G. Marchetti, in «Il Giorno», 4 febbraio 1996
F. Parazzoli, in «Famiglia Cristiana», 7 febbraio 1996
M. Corti, in «la Repubblica», 8 febbraio 1996
C. De Michelis, in «Brescia oggi», 10 febbraio 1996
G. Bonura, in «Avvenire», 10 febbraio 1996
C. Fruttero, F. Lucentini, in «Tuttolibri» (suppl. a «La Stampa»), 10 febbraio 1996

L. Canali, in «il Giornale», 12 febbraio 1996
A. Carandente, in «Giornale di Napoli», 15 febbraio 1996
F. Piemontese, in «Il Mattino», 21 febbraio 1996
G. De Rienzo, in «Sette» (suppl. al «Corriere della Sera»), 22 febbraio 1996
A. Bevilacqua, in «Grazia», 23 febbraio 1996
L. Romano, in «Panorama», 29 febbraio 1996
E. Siciliano, in «L'Espresso», 15 marzo 1996
P.V. Mengaldo, in «l'Unità», 18 marzo 1996
E. Paccagnini, in «Il Sole-24 Ore», 31 marzo 1996
V. Faggi, in «Oggi e domani», anno XXIV, n. 4, aprile 1996
G. Ruozzi, in *Scrittori italiani di aforismi*, Mondadori, Milano 1996
A. Mundula, in «L'Osservatore romano», 24 aprile 1996
F. Napoli, in «Gazzetta di Parma», 22 maggio 1996
A. Flammia, in «Metropolitan», vol. 5, n. 9, Roma, 27 maggio-6 giugno 1996
L. Fontanella, in «America oggi», 16 giugno 1996
G. Raboni, in «Corriere della Sera», 1 agosto 1996
A. Carandente, in «Dromena», 1996
P. Lepape, in «Le Monde», 11 ottobre 1996
E. Testa, in *Lo stile semplice. Discorso e romanzo*, Einaudi, Torino 1997
G. Amoroso, in *Il cenacolo degli specchi*, Salvatore Sciascia editore, Caltanissetta-Roma 1997
F. Napoli, in «Letture», anno LII, quaderno 538, giugno-luglio 1997
G.B. Nazzaro, in «Secondo Tempo», 1998
L. Mondo, in «Tuttolibri» (suppl. a «La Stampa»), 24 settembre 1998
R. Barbolini, in «Panorama», 1 ottobre 1998
R. Damiani, in «Il Gazzettino», 4 ottobre 1998
F. Parazzoli, in «Famiglia Cristiana», 4 ottobre 1998
S. Pautasso, in «Corriere del Ticino», 5 ottobre 1998
M. Corti, in «la Repubblica», 7 ottobre 1998
C. Segre, in «Corriere della Sera», 8 ottobre 1998
L. Doninelli, in «Il Giornale», 10 ottobre 1998
G. Riotta, in «IO Donna» (suppl. al «Corriere della Sera»), 10 ottobre 1998
G. Bonura, in «Avvenire», 10 ottobre 1998
F. Napoli, in «Gazzetta di Parma», 13 ottobre 1998
G. Marchetti, in «Gazzetta di Parma», 13 ottobre 1998
G. Montesano, in «Diario», anno III, n. 40, 14-20 ottobre 1998
D. Fiesoli, in «Il Tirreno», 15 ottobre 1998
A. Di Mauro, in «La Sicilia», 17 ottobre 1998
F. Piemontese, in «Il Mattino», 19 ottobre 1998

C. Augias, in «il Venerdì» (suppl. a «la Repubblica»), 23 ottobre 1998
A. Mundula, in «L'Osservatore Romano», 24 ottobre 1998
F. Mannoni, in «L'Eco di Bergamo», 24 ottobre 1998
G. De Rienzo, in «la Repubblica», 29 ottobre 1998
P. Gelli, in «Capital», 1 novembre 1998
G. Orelli, in «Azione», 5 novembre 1998
G. Pandini, in «La Provincia», 12 novembre 1998
M. Beck, in «Letture», anno LIII, quaderno 552, dicembre 1998
G. Pandini, in «Oggi e domani», n. 11-12, 1998
E. Golino, in «L'Espresso», 17 dicembre 1998
C. Toscani, in «Studi cattolici», dicembre 1998
D. Marcheschi, in «Società lucchese dei lettori», 1988-1998
L. Marchini, in «Società lucchese dei lettori», 1988-1998
C. Carena, in «Il Sole-24 Ore», 20 dicembre 1998
M. Dentone, in «Tecnologie, trasporti, mare», n. 11, dicembre 1998
S. Valzania, in «Agonistika News», anno VIII, n. 3-4, dicembre 1998
G.B. Nazzaro, in «Secondo Tempo», libro quinto, 1999
R. Salsano, in «Studi medievali e moderni», 2, 1999
A. Albertini, in «Giornale di Brescia», 30 gennaio 1999
P. Fornaro, in «L'Indice dei libri del mese», XVI, 2, febbraio 1999
L. Goffi, in «Annali manzoniani», Nuova serie III, 1999
G. Sias, in «La Voce di Mantova», 31 marzo 1999
M. Forti, in «Nuova Antologia», n. 2211, luglio-settembre 1999
A. Dosi, in «Silarus», n. 205, anno IXL, settembre-ottobre 1999
F. Zinelli, in «Tratti 52», autunno 1999
C. De Santis, in *Lingua d'autore*, a cura di F. Gatta e R. Tesi, Carocci, Roma 2000
G. Sias, in «La Clessidra», 1, 2000
C. Catenacci, in «Quaderni urbinati di cultura classica», N.S., 64, 1, 2000
V.M. Oreggia, in «Lo stato delle cose», 10, 11, 2000
C. Nesi, in «Strumenti critici», 92, anno XV, n. 1, gennaio 2000
N. Borsellino, W. Pedullà (a cura di), in *Letteratura italiana del Novecento,* Larousse-Rizzoli, gennaio 2000, voll. I e III
A. Giuliani, in «la Repubblica», 26 agosto 2000
G. Raboni, in «Corriere della Sera», 2 settembre 2000
L. Doninelli, in «il Giornale», 2 settembre 2000
W. Mauro, in «Il Tempo», 3 settembre 2000
A. Ederle, in «L'Arena», «Giornale di Vicenza», «Brescia oggi», 6 settembre 2000
G. Marchetti, in «Gazzetta di Parma», 7 settembre 2000
F. Napoli, in «Gazzetta di Parma», 7 settembre 2000
G. Bertone, in «Il Secolo XIX», 7 settembre 2000

A. D'Orrico, in «Sette» (suppl. al «Corriere della Sera»), 7 settembre 2000
M. Trecca, in «Gazzetta del Mezzogiorno», 8 settembre 2000
L. Mondo, in «Tuttolibri» (suppl. a «La Stampa»), 9 settembre 2000
A. Carandente, in «Roma», 9 settembre 2000
R. Damiani, in «Il Gazzettino», 10 settembre 2000
A. Longatti, in «La Provincia», 11 settembre 2000
R. Minore, in «Il Messaggero», 12 settembre 2000
D. Fiesoli, in «Il Tirreno», 12 settembre 2000
L. Zega, in «La Stampa», 13 settembre 2000
R. Barbolini, in «Panorama», 14 settembre 2000
F. Scaparro, in «Corriere della Sera», 15 settembre 2000
G. Dioguardi, in «Il Mattino», 15 settembre 2000
M. Onofri, in «Diario», 15 settembre 2000
G. Amoroso, in «Gazzetta del Sud», 19 settembre 2000
R. Cotroneo, in «L'Espresso», 21 settembre 2000
F. La Porta, in «Il manifesto», 21 settembre 2000
D. Marcheschi, in «Libero», 21 settembre 2000
N. Salvalaggio, in «Il Tempo», 21 settembre 2000
G. Borgese, in «IO Donna» (suppl. al «Corriere della Sera»), 25 settembre 2000
A. Paolini, in «Il Messaggero Veneto», 25 settembre 2000
M. Belpoliti, in «Il manifesto», 30 settembre 2000
P. Gelli, in «Linus», ottobre 2000
F. Parazzoli, in «Letture», ottobre 2000
V. Orsenigo, in «Quaderni di catarsi» (inserto di «Teatri della diversità»), V, 15, ottobre 2000
A. Mundula, in «L'Unione sarda», 1 ottobre 2000
C. Carena, in «Corriere del Ticino», 7 ottobre 2000
E. Paccagnini, in «Il Sole-24 Ore», 15 ottobre 2000
G. De Rienzo, in «Corriere della Sera», 15 ottobre 2000
C. Bo, in «Gente», 19 ottobre 2000
A. Sofri, in «Il Foglio», 19 ottobre 2000
L. Fontanella, in «America oggi», 22 ottobre 2000
M. Dentone, in «Salpare», XI, 44, ottobre-novembre 2000
C. Toscani, in «L'Osservatore romano», 1 novembre 2000
C. Marabini, in «Il Giorno», «La Nazione», «Il Resto del Carlino», 12 novembre 2000
G. Montefoschi, in «IO donna» (suppl. al «Corriere della Sera»), 25 novembre 2000
D. Marcheschi, *Destino e sorpresa*, Editrice C.R.T., novembre 2000
G. Cavallini, in «Critica letteraria», n. 108, Loffredo Editore, Napoli, dicembre 2000

M. Castaldi, in «L'Indice dei libri del mese», XVII, 12, dicembre 2000
V. Coletti, in «L'Indice dei libri del mese», XVII, 12, dicembre 2000
F. Giancanelli, in «L'Indice dei libri del mese», XVII, 12, dicembre 2000
S. Perrella, in «L'Indice dei libri del mese», XVII, 12, dicembre 2000
P. Pugni, in «Studi cattolici», dicembre 2000
S. Scognamiglio, in «L'Esopo», dicembre 2000
F. Piemontese, in «L'immaginazione», n. 173, dicembre 2000
L. Manconi, in «Il Resto del Carlino», «Il Giorno», 3 dicembre 2000
R. Bertacchini, in «Libero», 13 dicembre 2000
F. Piemontese, in «Il Mattino», 14 dicembre 2000
V. Fortichiari, in «Brescia oggi» e «L'Arena», 16 dicembre 2000
P. Di Stefano, in «Corriere della Sera», 17 dicembre 2000
A. Grasso, in «Corriere della Sera», 17 dicembre 2000
S. Giametta, in «Il Giornale di Vicenza», 28 dicembre 2000
G. Bonura, in «Avvenire», 29 dicembre 2000
B. Nacci, in «La Rivista del clero italiano», LXXXII, 1, gennaio 2001
G.B. Nazzaro, in «Secondo Tempo», libro undicesimo, gennaio 2001
A. Guglielmi, in «Diario», 12-18 gennaio 2001
A. Carandente, in «Roma», 14 gennaio 2001
M. Giaveri, in «Corriere del Mezzogiorno», 24 gennaio 2001
G. Ravasi, in «Avvenire», 6 febbraio 2001
M.R. Bricchi, in «Autografo», XVII, 42, gennaio-giugno 2001
M. Forti, in «Nuova Antologia», n. 2219, luglio-settembre 2001
N. Minissi, in «Belfagor», anno LVI, 31 luglio 2001
S. Salis, in «Il Sole-24 Ore», 16 settembre 2001
S. Fares, in «Corriere del Ticino», 18 settembre 2001
R. Salsano, in «Critica letteraria», n. 112, fascicolo III, 2001
G.C. Ferretti, in «Esperienze letterarie», anno XXVI, 2, 2001
A. Battistini, in « Studi di estetica», 2001
C. Martignoni, in *Leggere il mondo* (a cura di C. Segre e C. Martignoni), vol. VIII, Edizioni scolastiche Bruno Mondadori, Milano 2001
G. Ferroni, in *Storia della letteratura italiana. Il Novecento* (a cura di N. Borsellino e L. Felici), vol. I, Garzanti, Milano 2001
G. Ruozzi, in G. Cantarutti, *La scrittura aforistica*, Il Mulino, Bologna, 2001
V. Spinazzola, in *Tirature 2002*, il Saggiatore-Fondazione Mondadori, Milano 2002
A. Carandente, in *Il paradosso dell'evidenza*, Marcus edizioni, gennaio 2002
A. Dosi, in «Silarus», n. 219, gennaio-febbraio 2002
L. Doninelli, in «Tracce», marzo 2002
P. Di Stefano, in «Weltwoche», 4 aprile 2002

M.A. Rigoni Stern, in «Corriere della Sera», 20 agosto 2002
G. Raboni, in «Corriere della Sera», 25 agosto 2002
S. Nigro, in «Il Sole-24 Ore», 25 agosto 2002
S. Sereni, in «Donna Moderna», 28 agosto 2002
R. Minore, in «Il Messaggero», 29 agosto 2002
S. Fares, in «Corriere del Ticino», 29 agosto 2002
G. Martini, in «Gazzetta di Parma», 30 agosto 2002
N. Salvalaggio, in «Il Tempo», 30 agosto 2002
S. Giametta, in «Il Giornale», 31 agosto 2002
A. Albertini, in «Il Giornale di Brescia», 31 agosto 2002
G. Bonura, in «L'Avvenire», 31 agosto 2002
F. Mannoni, in «L'Eco di Bergamo», 1° settembre 2002
G. Amoroso, in «Gazzetta del Sud», 1° settembre 2002
A. Paolini, in «Messaggero Veneto», 3 settembre 2002
A. Longatti, in «La Provincia», 4 settembre 2002
L. Mondo, in «Tuttolibri» (suppl. a «La Stampa»), 7 settembre 2002
M. Belpoliti, in «Alias» (suppl. al «Manifesto»), 7 settembre 2002
F. Napoli, in «Gazzetta di Parma», 8 settembre 2002
G. Orelli, in «Azione», 11 settembre 2002
R. Bertacchini, in «Libero», 11 settembre 2002
F. Piemontese, in «Il Mattino», 12 settembre 2002
F. Portinari, in «L'Unità», 12 settembre 2002
P. Petroni, in «Gazzetta del Sud», 17 settembre 2002
G. Galetto, in «Bresciaoggi», 18 settembre 2002
E. Golino, in «L'Espresso», 19 settembre 2002
F. Parazzoli, in «Famiglia Cristiana», n. 38, 22 settembre 2002
F. La Porta, in «Il Manifesto», 25 settembre 2002
R. Barbolini, in «Panorama», 26 settembre 2002
A. Giuliani, in «La Repubblica», 27 settembre 2002
G. Montefoschi, in «IO Donna», n. 38, 28 settembre 2002
N. Naldini, in «Il Piccolo», 30 settembre 2002
C.F. Colucci, in «Riscontri», anno XXIV, n. 3, luglio-settembre 2002
V. Faggi, in «Le Rassegne di oggi e domani», settembre 2002
G. Bonina, in «Stilos», 1° ottobre 2002
G. Bertone, in «Il Secolo XIX», 2 ottobre 2002
M. Onofri, in «Diario», 3 ottobre 2002
D. Fiesoli, in «Il Tirreno», 5 ottobre 2002
G. De Rienzo, in «Corriere della Sera», 13 ottobre 2002
A. Magistà, in «Il Venerdì di Repubblica», 18 ottobre 2002
A. Guglielmi, in «L'Unità», 29 ottobre 2002
M. Beck, in «Letture», ottobre 2002
F. Lanza, in «Cenobio», anno LI, ottobre-dicembre 2002

A. Carandente, in «Secondo Tempo», libro 16°, Marcus Edizioni, ottobre 2002
C. Marabini, in «Nuova Antologia», ottobre-dicembre 2002
L. Desiato, in «Il Nostro Tempo», 10 novembre 2002
C. Toscani, in «L'Osservatore Romano», 13 novembre 2002.
G. Bertone, in «L'Indice dei libri del mese», anno XIX, n. 11, novembre 2002
C. Uguccioni, in «Club 3», anno XIV, n. 11, novembre 2002
M. Drudi, in «Pulp Libri», n. 40, novembre 2002
M. Dentone, in «Salpare», anno XIV, n. 50, novembre-dicembre 2002
A. Castronuovo, in «Cartapesta», n. 8, luglio-dicembre 2002
P. Pugni, in «Studi Cattolici», n. 502, dicembre 2002
A. Flammia, in «Città Nuova», anno XLVII, n. 3, 25 aprile 2003

Indice

GIUSEPPE PONTIGGIA

NATI DUE VOLTE

L'appassionato racconto di un padre e del suo rapporto con il figlio disabile. Un grande romanzo sull'handicap e sulla normalità, una straordinaria storia d'amore: caso letterario dell'anno.

(n. 1169), pp.238,
cod. 449543, € 7,80

PRIMA PERSONA

Aforismi fulminei, narrazioni esilaranti, passeggiate panoramiche: un'esperienza letteraria sconcertante che mobilita i registri dell'ironia e della satira, lasciando spazio alla partecipazione emotiva e al coinvolgimento solidale.

(n. 1833), pp. 294,
cod. 452103, € 7,40

IL RAGGIO D'OMBRA

Un evaso politico si rifugia presso alcuni compagni clandestini; ma ricambia l'aiuto con il tradimento, e li fa arrestare. Tra suspense e ironia, un romanzo imprevedibile basato su un fatto accaduto nel 1927.

(n. 896), pp. 176,
cod. 439834, € 6,40

IL GIOCATORE INVISIBILE

Dalle pagine di una rivista un anonimo lettore attacca un illustre professore all'apice della carriera. Chi è l'inafferrabile avversario? E qual è il segreto del suo astio?

(n. 983), pp. 268,
cod. 442926, € 6,80

GIUSEPPE PONTIGGIA

Giuseppe Pontiggia

LA GRANDE SERA

Un benestante uomo d'affari di mezza età, stanco delle responsabilità e dei soliti legami, scompare nel nulla per rifarsi una vita. Un romanzo che è una meditazione sull'esistenza di oggi.

(n. 1564), pp. 272,
cod. 448809, € 6,80

VITE DI UOMINI NON ILLUSTRI

Diciotto biografie immaginate di altrettanti personaggi. Esistenze oscure di uomini e donne comuni ma, come tutte, segnate da pathos e violenza, grandezza e meschinità.

(n. 1704), pp. 280,
cod. 450987, € 7,80

I CONTEMPORANEI DEL FUTURO

Dalla navigazione degli Argonauti alla stufa di Cartesio, dagli amori di Ovidio ai pirati di Defoe, un modo estroso e vitale di avvicinarsi alla lettura dei grandi autori del passato.

(n. 1763), pp. 280,
cod. 450931, € 7,40

L'ISOLA VOLANTE

Da uno dei massimi scrittori contemporanei una raccolta di "appunti di viaggio", brevi saggi, divagazioni e perlustrazioni nell'universo della grande letteratura, da Omero al Novecento.

(n. 1792), pp. 291,
cod. 450485, € 6,80

GIUSEPPE PONTIGGIA

«La morte in banca»
di Giuseppe Pontiggia
Oscar scrittori del Novecento
Arnoldo Mondadori Editore

Questo volume è stato stampato
presso Mondadori Printing S.p.A.
Stabilimento NSM – Cles (TN)
Stampato in Italia. Printed in Italy